灰の魔女イレイナ

魔法使いの最高位
「魔女」である才媛。
見聞を広めるため
世界中をわたり歩く。

手数料は
たんまり頂きますけど

I will charge a lot of fees.

THE JOURNEY OF ELAINA

CHARACTER

フロレンス
田舎町に暮らす女性。
親切で穏やかな性格。

ナナマ
自称「魔物の料理人」。
珍しい食材を求め旅をしている。

ホテルの従業員
ホテルのフロントで働く。
新人の教育係をしている。
？？？
謎多き不思議な生き物。
イレイナの旅に同行する。

靴を脱いで素足をひんやりとした川の流れに浸しているせいで、緊張感が足先からふわふわ抜けてしまっているのかもしれません。
じゃあ遠慮なく。ありがと
お姉ちゃん、これあげます

それはそれは昔のこと。
私が師匠から『星屑の魔女』の
名をもらったあと——
つまり星屑の魔女、フランとして
一人で旅をしていた頃の話です。
まあ……何なのです？　これは

魔女の旅々20

THE JOURNEY OF ELAINA

CONTENTS

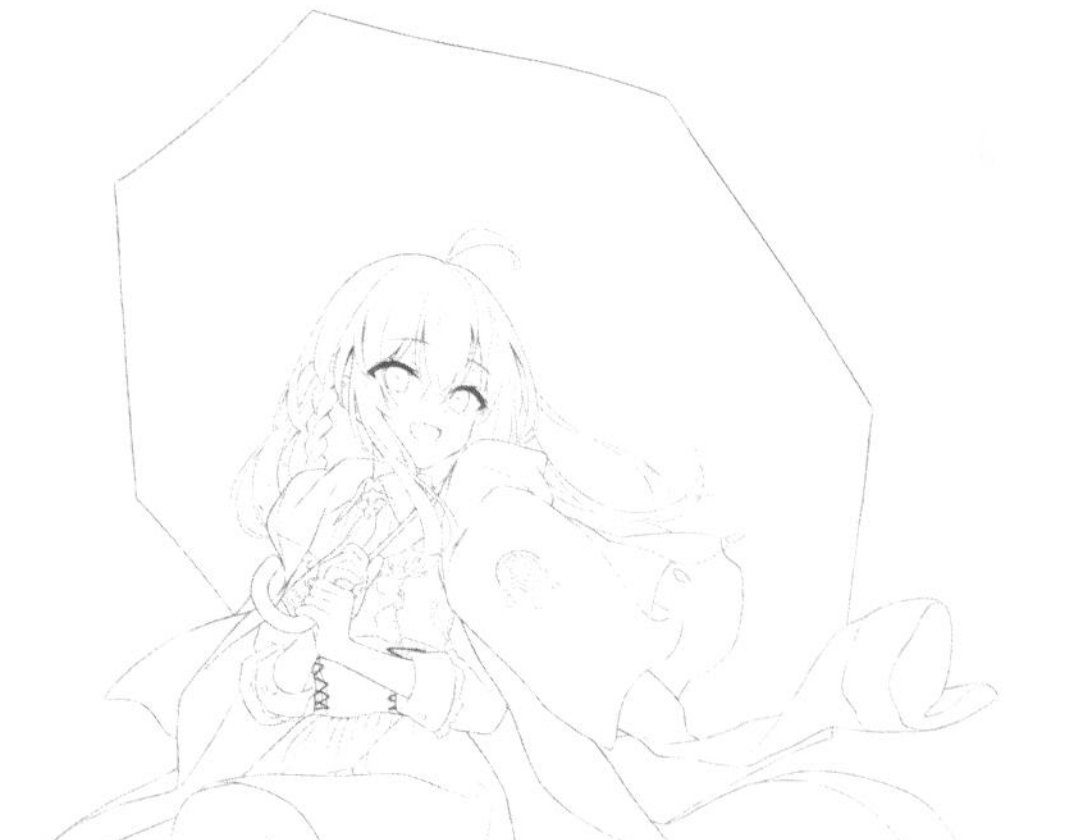

魔女の旅々

THE JOURNEY OF ELAINA

20

Shiraishi Jougi
白石定規

Illustration
あずーる

第一章 魔物の料理人

白くてまんまる。

森の小道から見えた青空の中にあった雲はまるでアイスクリームのよう。

そういえば最近食べていないような気がします――空飛ぶほうきを操《あやつ》り、木々が整列する道の真ん中を辿《たど》りながら、魔女《まじょ》はぼんやりと思いを馳《は》せました。

黒のローブに三角帽子《さんかくぼうし》。さらりと伸びた髪《かみ》は灰色《はいいろ》。瑠璃色《るりいろ》の瞳《ひとみ》はお空に向けられていました。

彼女は魔女であり、旅人でした。

旅人とは世界を渡り、旅をする人のこと。

一つの場所に長く留《とど》まることなく、世界を渡り歩く彼女が歩む道のりは常に危険と隣《とな》り合わせ。

ゆえにローブには魔法使いの中でも最高位であることを意味する魔女の証《あか》し――星をかたどったブローチをつけています。

「お腹空《なかす》きましたね……」

森の木々が風にさらさらと揺《ゆ》れる中、一見するとぼんやりほうきを飛ばしているだけの彼女でしたが、しかしながらこのような状況下でも彼女は常に周りに気を配っています。

むしろ気を配っているからこそぼんやりしているとも言えましょう。

彼女のような凄腕《すごうで》の旅人（何をもって凄腕とするのかはさておき）ともなると、身に降りかかるであろうあらゆる危険を未然《みぜん》に排除《はいじょ》し、安全な旅路を常に選択し続けることができるのです。

ゆえに彼女の旅路は常に平和に満ちており、魔物と遭遇《そうぐう》することなどありません。出遭《であ》う前に足跡《そくせき》や臭《にお》いから危険を察知《さっち》し、邂逅《かいこう》を防ぐからです。

まさしく凄腕の名にふさわしい素晴《すば》らしい魔女。彼女は一体誰でしょう？

そう、私です。

「……ふっ」

そして私はぴたりとほうきを止めました。

魔物と遭遇したからです。

気がついたらちょっと先で巨大な蛇《へび》がこちらに顔を向けてじっと目を見開いておりました。お空を見上げて「次の国に着いたらアイスクリーム買っちゃおっかなー」などとだらしない顔を浮かべている間に魔物にふらふらと近づいてしまっていたようです。

口を開けば私のような人間などぺろりと一口で平らげてしまえそうなほどに大きな蛇の魔物でした。

幸いにも相手はまだこちらを睨《にら》んでいるだけ。襲い掛かってくる様子はありません。

ならばと私は静かに杖《つえ》を構《かま》えました。

「…………」そして沈黙《ちんもく》を続けながらゆっくりと魔力を込めます。

少しでも動いたら、魔法を放って追い払うこととしましょう。意思疎通《いしそつう》を図《はか》ることができない魔物と相対した際の対処法としては最も適切な手段です。

「待て貴様《きさま》！　早まるな！　魔法を撃つのはやめろ！」

ですから私は蛇の魔物が突然語りかけてきたことに驚《おどろ》きを隠せませんでした。

え、喋《しゃべ》れるんですか？

「なるほど意思疎通ができるタイプの魔物でしたか……」

であるならば無理に攻撃をする必要もないかもしれません。

「いや私は魔物ではない」

なるほど自身は魔物ではないと思ってるタイプの魔物でしたか……。

よくいますよね、そういうの。

「こんなところで何してるんですか？」場合によっては警戒《けいかい》を解いてもいいかもしれません。

「今から食事をしようとしていたところだ」

「！　私のことを食べるつもりですか！」

いっそう警戒を強める私でした。油断させておいて襲うつもりですね。何と卑劣《ひれつ》な魔物なのでしょう。

「待て待て！　違う！　貴様、何か勘違《かんちが》いをしていないか？　私が食べたいのは貴様ではない」

「人間を食べたいだけであって相手は私でなくとも構わない、と……そういうことですね？」

「そもそも同族であるところの人間を私が食べるはずもないんだが」

「自身を人間だと思い込んでるタイプの魔物でしたか……」よくいますよね、そういうの。

「……貴様なにか勘違いをしていないか？」

もごもご、と巨大な蛇の口が蠢《うごめ》きます。おっと、何ですか？　私を食べるつもりですか？　などと思いつつ杖を向ける私。

お口の中から人間がぬるりと出てきました。

「ご覧の通り、私は魔物じゃない」

髪は茶色、後ろ一つにシニヨンでまとめられておりました。瞳は緑。シンプルな布の服を身に纏《まと》い、黒のパンツとロングブーツを履《は》いています。

敵意はありませんよとでも言うように挙げられた両手にはそれぞれナイフと巨大な蛇の舌《した》が握られておりました。

予想外の展開にぽかんと口を開いたまま固まる私。

「私の名前はナナマ」

彼女は自身を、魔物の料理人と名乗りました。

○

「いや魔物の料理人て何ですか」

ほうきを降りた後に冷静になって首をかしげる私でした。魔物の料理人？　とは？

「ふんっ！　君は無知だな」

鼻《はな》で笑いながら彼女はナイフをふるい、巨大蛇の肉を剝《そ》ぎ取っておりました。「よいか、魔女」

「イレイナです」

そういえば私の自己紹介がまだでした。「灰の魔女、イレイナです」改めて名乗る私。

ナナマさんは私に頷《うなず》き、それから極めて真面目《まじめ》な顔で言いました。

「よいか、イレイナ。魔物は美味《うま》いんだ」

「いや、美味いんだと言われましても……」ふつうのお肉も美味《おい》しいですよ？

「というわけで私は最高の珍味《ちんみ》を求めて旅をしている。この大蛇《だいじゃ》も旅の道中で出遭《であ》ったものだ」

「あなたが倒したんですか」

「まあな」

曰《いわ》く彼女はこの道の先にある国を目指しているところであり、そんな最中《さなか》の道中で大蛇を見つけ、喜び勇《いさ》んで「わーおいしそー」などと歓喜《かんき》の声を上げながら仕留《しと》めた末にお口の中にダイブしたのだそうです。なるほど私とは別の世界を生きている方のようです。

「ところで君もこの道を通ったということは、この先にある国を目指しているということか？」

「……まあそうですけど」

「私と同じだな。ふふっ……」

剝ぎ取った肉をうっとりとした瞳で見つめながら彼女は言いました。

なんか嫌……。

「行き先が同じなら私をほうきに乗せてはくれないか」

「なぜ」

「肉は鮮度《せんど》が第一だ」

などと提案する彼女は大蛇のお口の中にこもった直後であり、更《さら》に言うなら今も巨大な蛇の身を解体している最中であり、見事なまでに全身が血と分泌液《ぶんぴつえき》で汚《よご》れていました。どろどろべとべとです。そんな彼女をほうきに乗せる、ですか。

「ええー……」

なんか、嫌……。

などと私が分かりやすく顔をしかめたところで、ぐるるる、とお腹が唸《うな》り声《ごえ》をあげました。

たぶん私の身体が「こんなところで無駄話していないで早く国まで行ってください」と苦情を申しているのでしょう。

「腹が減っているなら私が絶品《ぜっぴん》の料理を食わせてやろうか」

旅の料理人を名乗るだけあって彼女は料理の腕前《うでまえ》には自信があるようでした。

かつてはとある国の有名レストランでシェフとして働いていた経験もあるそうで、「私の料理を食べて不味《まず》いと言ったやつはいない」と、血に汚れたナイフを拭《ふ》きながら語りました。

「不味いと言ったやつはすべて消したからな……」

とんだ危険人物じゃねえですか。

「なんかほうきに乗せるの嫌になったんですけど」

「流石《さすが》に消したというのは冗談《じょうだん》だが、私の料理は美味いぞ。どうだ？　食べたいとは思わんか？」

率直《そっちょく》に申し上げるならば、気になります。

旅する料理人ならばおそらくこれまで多くの国で食事をしてきた経歴があるということでもあり、おそらく美味しい料理も数多く知っているはずであり、彼女自身にもそのノウハウは蓄積《ちくせき》されている可能性があり、要するにとても美味しいことに期待が持てるのです。

ですが魔物を扱《あつか》った料理には今のところさほど興味が向いていないゆえ、

「魔物以外の料理とかもできますか」

などと私は尋ねていました。

「ええー……」

彼女は肩を落としながら私を見ます。

「できるけどぉ……」

あんまり面白くないなぁ……、といいたげなお顔でした。

「あと私のほうきがあなたを乗せるのを嫌がっているので、その辺の枝《えだ》に乗ってもらってもいいですか。私が魔法で浮かせるので」

「ええー……」

しばし嫌そうな顔をしていた彼女でしたが、結局、お肉の鮮度のほうが大事だったようで、「しかたないなぁ……」と渋々《しぶしぶ》私の提案に納得してくれました。

こうして私たちは最寄りの国を目指して共に森を進むことにしたのです。

ほうきを操る私。

その後ろで複数の木の枝を並べて浮かせただけの超簡易的な椅子《いす》に座っているナナマさん。

目的地である国に辿り着くまでの間、特にやることもなかった私たちはしばし身の上話を互いにすることとなりました。

先ほど軽く触れたように、彼女はかつてはとある国の有名レストランで働くシェフだったそうです。毎日毎日、顧客《こきゃく》のための料理に腕を振るう日々を当時は送っていたそうです。

幼い頃から料理の研究が好きだった彼女は、さまざまなジャンルの料理に挑戦《ちょうせん》し、その道を極めていきました。

客の好みに応じてありとあらゆる料理を振る舞うことのできる彼女は賞賛《しょうさん》され、店の代表にまで上り詰めました。まさに順風満帆《じゅんぷうまんぱん》。そんなある日のことでした。

「なんか飽《あ》きたな」

飽きました。

普通の料理をすることに刺激《しげき》を感じなくなったのだといいます。見たこともない食材で、誰も食べたことのない料理を作ってみたい——既に彼女の欲求はレストラン一つでは収まり切らなくなっていたのです。

そして新たな食材を求めてふらりと国の外をさすらい始めた彼女は、出遭ったのです。

『ブルルルル——！』

魔物に。

「……！」

否《いな》、魔物料理に。

彼女の目の前に立ちはだかったのは巨大な猪型《いのししがた》の魔物でした。とても美味しそうな肉体をしていたと彼女は語りました。

そして彼女に襲い掛かる魔物。ナナマさんはたまたま持ち合わせていた包丁《ほうちょう》（なんでそんなもの持ち歩いてるんですか？　やっぱり危険人物じゃないですか……）で応戦し、魔物を倒しました。

倒した直後にお肉を捌《さば》きました。

魔物のお肉は想像通りとても理想的な色味と肉質でした。彼女はまず手で触《ふ》れ、舌《した》で感じ、匂《にお》いを嗅《か》ぎました。

「すううううううううううううう……！」

なんかよく分からないですけどこだわり強めの彼女はまず食材を五感で感じてから調理方法を想像するのだそうです。

「はあああああっ……！　よいっ！　これはよい！　最高だっ！」

ちなみに食材で妄想《もうそう》を膨《ふく》らませているときの彼女は感覚を研《と》ぎ澄《す》ました状態にあり、周囲の音や声が一切聞こえなくなるのだそうです。どうでもいい情報に私は真顔《まがお》になりました。

ともかく彼女は肉を持ち帰り、調理しました。

レストランで振る舞ってみればこれがまた大絶賛。彼女の料理は瞬《また》く間《ま》に国で有名になりました。

料理業界に新たな一石《いっせき》を投《とう》じたといっても過言《かごん》ではありません。連日彼女のお店は行列《ぎょうれつ》ができ、そして彼女は国を代表する料理人となりました。そんなある日のことです。

「なんか飽きたな」

また飽きました。

そもそも一つの国に留まり続けること自体、彼女にとっては退屈《たいくつ》だったのかもしれません。既に彼女の頭の中は世界中の魔物のことで満ちていました。

ありとあらゆる魔物と出遭い、食べたい。

欲望に忠実な彼女はすぐさま店を辞《や》めて国から出ていきました。

それではここで彼女のこれまでの旅の軌跡《きせき》を見ていきましょう。

とある国へと辿り着いた彼女。

門を通った先で国の人々が暗い顔をして集まっていました。一体何があったのでしょうか？

「実は巨大蜘蛛《きょだいぐも》が我が国の近くで人を襲っているんだ」

なるほど、国の人々の悩みを聞いて彼女は頷きました。

その上で聞きました。

「そいつは美味いのか？」

「は？」

それからすぐさま巨大蜘蛛の住処《すみか》へと潜入《せんにゅう》。その後どうなったのか尋ねたところ「カニみたいな味だった」と答えが返ってきました。

その後も旅を続ける彼女。

「くっ……！　一体なぜだ？　卵を盗まれない限り大人しいことで有名な亀《かめ》っぽい見た目の魔物が暴れている……！」

亀っぽい見た目の魔物に襲われてる冒険者に出会いました。

彼女は目を輝《かがや》かせながら冒険者の肩に手を置きました。

「なかなか美味かったぞ！」

「は？」

その後も彼女はあらゆる場所を旅して、あらゆる魔物と出遭いました。

例えば船に乗ったとき。

「大変だ！　船が馬鹿《ばか》でかいタコに襲われた！　このままじゃ沈没《ちんぼつ》してしま――」

「美味い！」

「は？」

彼女は船にしがみつくタコのような姿の魔物の脚《あし》を切り落として、タコ焼きを作っていました。

美味しかったそうです。

例えば山を旅したとき。

「実はこの辺りにドラゴンが――」

「ステーキ！」

「は？」

ドラゴンの肉でステーキを作りました。硬《かた》かったけど美味かったと彼女は語りました。

そして例えば砂漠《さばく》を渡り歩いたとき。

「おい！　あんた、そっちに行くな！　凶暴《きょうぼう》なサソリ型魔物の縄張《なわば》りだぞ！」

「は？」

「素揚《すあ》げ！」

カニみたいな味だったと彼女はのちに語りました。

そして例えばこの辺りの地域で。

「おい！　でけえ牛《うし》みたいな魔物が出たぞ！」

「シチュー！」

「は？」

あまりの美味さに乱獲《らんかく》したと彼女は語りました。

ともかく彼女は斯様《かよう》にありとあらゆる国や地域を旅して魔物たちを胃袋《いぶくろ》に収めてきたのです。ここまでくるともはや冒険者よりも多くの魔物と対峙《たいじ》しているように思えますね。

「いついかなる時であっても私は魔物の話を聞けば飛んで行くようにしているのだ！」

ははははは！　と私の後ろの木の枝の上で脚を組みながら誇《ほこ》らしげに笑う彼女でした。

「はあ……そうですか」

私は生暖《なまあたた》かい視線と共に相槌《あいづち》を返しながら、「次に行く国では魔物の類《たぐ》いの話が出てきませんように……」と祈りました。

なんか私まで巻き込まれそうな気がしたからです。

「――実は我が国の周辺地域で魔物が作物を荒《あ》らしておりまして」

そして森を抜けた先で辿り着いた国にて、私とナナマさんは役人によって出迎えられ、斯様《かよう》な言葉をかけられたのでした。

あーもう……。

私は内心で自身の額《ひたい》をぺちんと叩《たた》きました。嫌なほうの予感ばかり当たる……。

「魔物か。魔物だと？　どんな魔物だ！」

興奮するナナマさん。

役人さんは私と彼女を旅の同行者と捉《とら》えたようで、「是非《ぜひ》ともお二人に退治《たいじ》していただきたいのですが……」と顔色を窺います。

いえ私は別に彼女の仲間というわけでは――。

「報酬《ほうしゅう》もたんまり出ますぞ」

「やります」

私たちは二人揃《そろ》って役人さんの案内のもと、国のお役所へと迎え入れられました。

お役所の中には負傷《ふしょう》した兵士《へいし》が数名。

いずれも軽傷《けいしょう》で命に別状はなさそうでしたが、どなたも疲れ果てており、ついさっきまで戦地に赴《おもむ》いていたことは想像に難《かた》くありません。

「兵士諸君《しょくん》！　旅人さんが協力してくれるそうですぞ！」

嬉《うれ》しそうに報告する役人さんに対して彼らは安堵《あんど》のため息で応えます。ああよかった。これ以上戦わなくて済むのか……と、誰かが漏《も》らした声が聞こえます。

「何があったのですか」

私は彼らに尋ねました。

顔を上げて答えてくれたのは、兵士長を名乗る男性でした。

「魔物にやられたんだ」

曰く、この国の近くの洞窟《どうくつ》には昔から魔物が住み着いているそうです。

魔物は決して凶暴な種族ではないそうで、今まではこちらから刺激をしない限り襲ってくることはなかったそうです。

干渉《かんしょう》しなければ何もしない。

この国の人々は魔物との適切な距離感を保ってこれまで過ごしていました。

「……ところがここ最近、急に魔物たちが我が国の作物を荒らすようになってな」

一体なぜ。

疑問に思う間もなく、魔物たちは国を訪れては畑に踏み込み、次から次へと作物をひっくり返していきました。

その様子はやり場のない怒《いか》りをぶつけているかのようでもあったと言います。

しかし原因は分かりません。唯一明白《ゆいいつめいはく》なのは、このまま放置《ほうち》すれば国が一方的に損害を被《こうむ》ることだけ。

結果、困り果てたこの国の人々は、兵士たちに頼ることにしました。

「そして我々は連中を迎え撃ち、戦闘になった。結果がこれだ。作物を守ることはできたが、我々も怪我《けが》を負った。次攻め込まれれば守りきることは難しいだろう」

長らく平和に暮らしていた影響が出てしまったのでしょうか。兵士たちは戦いに慣れていなかったようです。

兵士たちが戦う力を失い、丸腰《まるごし》になったこの国は、魔物にとっては格好《かっこう》の餌食《えじき》と言えましょう。

作物だけでなく物資まで奪《うば》われる可能性が出てきたそうです。

「そこで旅人の貴女《あなた》がたに依頼したいのです」

役人さんは言いました。

どうか国を守るために、魔物たちの住処を直接叩いてはもらえないでしょうか——と。

「……なるほど」私はふむと頷き考えます。

これまで保たれていた均衡《きんこう》は魔物によって崩《くず》されてしまい、今や一刻《いっこく》を争う事態《じたい》。国の人々は魔物の住処を直接叩くという選択を強《し》いられてしまったのでしょう。

「大変な仕事をあんたら旅人に押し付けてしまって申し訳ないが……頼めるか？」

兵士長さんは私たちに深々《ふかぶか》と頭を下げます。

俯《うつむ》く兵士たち。深刻《しんこく》そうな表情の役人さん。

やや重苦しい雰囲気《ふんいき》がお役所の中には広がります。

しかしその中で、ナナマさんだけが飄々《ひょうひょう》とした様子で口を開くのでした。

「ところで魔物というのはどういう感じの魔物なのだ？」

彼女が語ったその言葉に役人さんたちは目を見開きました。それはまるで『引き受けます』という意味を含めた少々洒落《しゃれ》の利《き》いた返答のように聞き取れたからです。

「ありがとうございます！　旅人さまには感謝してもしきれません！」

「いやそういうのはよいから。どんな魔物なのだ？」

「本当に何と感謝すればいいか……我々の国はこれで救われます！」

「そういうのはよいから魔物の種類を教えろ」

「ええ……？」

いまいち噛《か》み合ってない会話に役人さんは目を白黒させます。

まさか彼女が食べるために魔物の種類を聞いていただけだとは彼らも思わなかったことでしょう。

私は「彼女、お腹が減ってるだけですよ」と役人さんたちに耳打ちしてあげたい気分でしたが、詳しい説明をするのが面倒《めんどう》くさかったので隣でにこにこ笑っておくことにしました。

役人さんはナナマさんの問いかけに少々戸惑《とまど》いながら兵士さんたちに助けを求めました。

「……兵士長どの、どんな魔物なのですか？」

「確《たし》か豚《ぶた》のような姿の魔物だったが……」

豚のような姿、ですか。

なるほどなるほど――と私であればこの辺りで納得《なっとく》してしまうのですけれども。

しかし料理人であるナナマさんにとってその回答は不十分にも程《ほど》がありました。

「貴様もしかして違いが分からないタイプの人間か？　豚といっても種類が色々あるだろうが！」

声を荒《あら》らげるナナマさん。

「い、色々……？」

「例えば毛の色は？　大きさは？　品種は？　もっと詳しく教えろ！」

「いやそこまでは俺たちもよく覚えてないが――」

「クソっ！」

大まかな種族だけでなく大きさや品種なども調理方法に大きな影響を及《およ》ぼすのです。一流の料理人の彼女からすれば重要な要素《ようそ》ではあるのですが、役人さんをはじめとする国の人々にとってはひとまとめで『魔物』としか捉えられていないようでした。ナナマさんはその場でうずくまって床《ゆか》を叩きました。

よく分からないけれど情緒不安定《じょうちょふあんてい》なナナマさんに国の人々はちょっと引きました。

「……！　ちょっと待て！」

そして直後にはっとしながら顔を上げるナナマさん。

よく分からないけれど情緒不安定なナナマさんに国の人々は更に引きました。

「ど、どうかしましたかな？」尋ねる役人さん。

「話は変わるがこの建物にキッチンはあるか？」

「本当に話が変わりましたな」

「で、どうなのだ」

「給湯室《きゅうとうしつ》ならありますぞ」

「貴様も違いが分からないタイプの人間か？　私はキッチンを所望《しょもう》したのだが」

ナナマさんは若干《じゃっかん》お怒り気味でした。

給湯室とキッチンを一緒《いっしょ》にするなと申し上げたいようです。

困り果てた役人さんは兵士長さんに助けを求めました。「へ、兵士長どの。兵士長どのの家ってこの近くでしたな？」

「あ、ああ……確かにそうだが」

「貸してあげてくだされ」

もはや兵士長さんは役人さんの生命線と成り果てていました。

「ええ……」

少々嫌そうな顔を浮かべながら兵士長さんはナナマさんに首をかしげます。「まあ……うちの家のキッチンを貸すのは構わんが……何がしたいんだ？」

するとナナマさんはバッグに手を突っ込んだのちに、答えるのです。

「肉を焼かせてくれ……！」

それからずるりと引き抜かれたのは先ほど仕留めた巨大蛇のお肉でした。

兵士長さんは一瞬《いっしゅん》「は？」と言いたげな顔をしながらも、「ま、まあ栄養補給は大事だしな……」と奇妙《きみょう》な提案を飲み込みました。大人。

「では、あんたが肉を焼いた後で魔物の住処までの行き方を二人に教える。それでいいな？」

「構《かま》わない」

「魔女さん、あんたもその流れでいいか？」

尋ねる兵士長さん。

もちろん構いませんよ——などと私が頷きかけた、その時のことでした。

「……！」目を見開く私。「ちょっと待ってください」

「今度は何だ」

首をかしげる兵士長さん。

私の視線の先、お役所の窓の外に、屋台《やたい》が一つ。

白くてまんまる——青空の中にあった雲のようにふんわりとしたアイスクリームが見えたのです。

ゆえにとてもとても真面目な顔で私は言いました。

「アイスを一つ買ってきてもいいですか」

「あんたら食べることしか頭にないのか？」

ともかく私たちはそれから魔物退治の旅に出ることになったのです。

○

「いいか？　魔物の住処は我々の国から西に進んだ先にある洞窟の中だ」

出発の直前、兵士長さんはテーブルに広げた地図の上で国と魔物たちの位置関係を改めて教えてくれました。

私たちはふむふむなるほどと頷きます。

「肉うま」もぐもぐするナナマさん。

「…………」兵士長さんは感情のないお顔でナナマさんを見たあとに私に視線を移します。「魔物たちはとても知能が高く、周辺には罠《わな》を張っている可能性もある。ほうきで近づく際はくれぐれも注意してくれ」

「了解です」アイスをもぐもぐする私。

「…………」

こいつら大丈夫《だいじょうぶ》かよ……、と呟《つぶや》きながらも状況の説明を続けました。

しかし不真面目に見えても私は魔女であり、そしてナナマさんは国を代表するほどの料理人。話半分で説明を聞いても作戦遂行《さくせんすいこう》には何ら問題はありません。

「むむむ……」

ただしそれは、彼らの説明がすべて正確だった場合に限ります。

辿り着いた後に分かったことではありますが、兵士長さんを含め、国の人々の認識には重大な欠陥《けっかん》がありました。

説明通りに国から西へと進んだ先にあった魔物の住処。

道中に点在《てんざい》していた罠を抜けて、洞窟の入り口まで辿り着いた私たちは、身をかがめながらこそこそと中に入りました。

ナナマさんが驚愕《きょうがく》したのは、その直後のこと。

「な、何だこれは……！　一体どうなっている……！」

洞窟の中では確かに情報通り、敵が身を潜めていました。

しかしその場にいたのは、魔物ではなかったのです——。

「ぶひ……ぶひ……」

洞窟内から声がしました。

「ぶひ……」

あちこちから声がしました。

洞窟の中心では焚《た》き火《び》が上がっています。明かりの傍《そば》で「ぶひ……」と声を漏らしているのは、まるで人間のような姿をした種族でした。

お顔は兵士長さんたちの説明通り、豚のような見た目。

しかし彼らは服を着ており、靴《くつ》も履いており、肌の色は薄《うす》い桃色《ももいろ》。

洞窟内を見渡してみれば、料理をしている者や、武器を磨《みが》いている者、それから談笑《だんしょう》している者の姿もありました。

私たちのような旅人の間では魔物と魔族《まぞく》は明確に区別されており、簡潔明瞭《かんけつめいりょう》に申し上げるならば、人間と同じように二足歩行で行動できて文化を形成できる種族は魔族。それ以外は魔物、とされています。

つまり私やナナマさんから見れば彼らは魔族だったというわけです。

「うああああああああああああああっ！」

というわけでナナマさんはその場でうずくまって地面を叩きました。

うめえ肉が食えると思ったのに！　と魂《たましい》の籠《こも》った叫《さけ》び声も漏らしておいででした。

「予想外の展開でしたね……」

おそらく兵士長さんをはじめとする彼らの国では、洞窟で文化を形成しているような豚っぽい魔族もひとまとめに魔物と呼称《こしょう》されているのでしょう。

「違いが分からない連中めえええええええええっ！」

国の人々による雑な認識にナナマさんはとてもお怒りでした。

お怒り過ぎて敵地に来ていることを忘れておられる様子でした。

「ちょっと、静かにしてください……！」

私は彼女を慌《あわ》てて静止しましたが、しかし一歩遅かったようです。

「ぶひ……！」

洞窟内の魔族たちはナナマさんの魂の叫びに驚き、顔をあげ、そしてこちらの存在に気づいてしまったのです。

「何やってるんですかもう……！」

せっかく身を隠しながら入り口まで辿り着いたというのに。

私は彼女の頭をこつんと叩きましたがおそらく特に反省などはしていないことでしょう。

「紛《まぎ》らわしい姿しおって……！」

「八つ当たりですか？」

「許さんぞ魔族ども……！」

「八つ当たりですね」

私が横から冷めた目を向けるなか、彼女はナイフ片手に立ち上がりました。

完全にどこからどう見ても危険人物。

「うおおおおおおおおおおおおおおおおっ！」

そして彼女は声を張りながら駆け出します。

「ぶひ……！」

魔族たちは突然襲い掛かってきた謎の人間に驚き、顔を見合わせながらも武器をとります。

その様子は「え？　何あの人！」「ヤバいやつじゃん……」と言いたげであり、極めて人間的な反応と言えました。

「ぶひ！」

ついでにナナマさんの後ろに私が控《ひか》えていたことも当然のように彼らにバレました。

私を指差しこちらに迫る様子が「おい！　あっちの子可愛《かわい》くね？」「すげえ！」「美少女だ！」だったかどうかはさておき、洞窟内は瞬く間に大騒《おおさわ》ぎとなりました。

「はあ……」

私は杖を手に持ち応戦します。

豚のようなお顔の魔族たちが剣《けん》や槍《やり》を手に持ち振り回します。私はするりと避けながら杖を構えて武器を一つひとつ魔法で弾き飛ばしていきました。

お顔は豚のようといってもやはり魔族。知恵ある彼らの動きは、まさしく人間を相手取っているようで、かえって予測がしやすく、私はまるで指揮棒《しきぼう》を振るうように軽やかに杖を振るいながら彼らを無力化できたのです。

ここで人間には敵《かな》わないと思わせることができれば、今後人間の作物を荒らすようなことはなくなるでしょう。

「ふははははははははははははははははははは！」

…………。

いえ、もしかしたら「人間って怖……」と思われるほうが先かもしれないですけれども。

ナイフを振り回して笑うナナマさんに魔族たちは驚き怯《おび》えて「こわ……」と言いたげな様子で距離をとりつつありました。

「こわ……」

ついでに私もこっそり彼女から距離をとりました。

そんな最中に話は変わりますが、私は本日アイスクリーム以外にまともに食事をとっていなかったことをここでふと思い出しました。

「ふむん……？」

私のお鼻がいい香りを捉えてぴくりと反応します。

洞窟内を進む私の足が止まります。

お腹が空腹を思い出したかのようにぐるるると唸りはじめます。一体この香りはどこから？　辺りを見渡す私。やがて洞窟の隅《すみ》っこのほうにある焚き火を捉えました。

ただ火を焚《た》いているだけではなく、ちろちろと弱々しい火が立ち上る先に、お鍋《なべ》がセットされています。

ふむふむ。

私はふらふらと近寄ります。

直後に驚きました。

シチューがそこにはあったのです。

シチュー！

「なかなか美味しそうじゃないですか……」

鍋から上る芳《こう》ばしい香りの湯気《ゆげ》の魅力は争《あらが》い難く、気づけば私の表情は緩《ゆる》み、お鍋の傍にしゃがみ、「ちょっと食べてみたいですね……」と呟くほどでした。

ここは敵地であり、そして目の前にあるのは魔族が作った料理。口に合うかどうかは定かではなく、ひょっとしたら食べたとたんに倒れてしまうかも。

危険と分かっているのに、なぜだか私はシチューの中に突っ込んであるおたまへと手を伸ばしていました。

ひょっとしたらナナマさんの危険すぎる言動《げんどう》にあてられてしまったのかもしれません。影響されやすい娘、私です。

そして私の突飛《とっぴ》な行動に、魔族の一人が慌てた様子で立ちはだかります。

「ぶひ！　ぶひぶひ！　ぶひーっ！」

何を言いたいのでしょう。怒っておられるようですが私にはさっぱりです。ゆえにお耳を傾けつつ私は尋ねるのです。

「えー？　何ですか？」

私にわかる言葉でお願いします。

「それまだ調理中なんで食べないでほしいです」

「喋れたんですか」

びっくりしました。

「いやまあ、我々だって魔族としてやってるわけですから喋れますよそりゃあ」

「さっきまでぶうぶう言ってたのに……」

「あなたたち人間だって驚いたとき『うわぁ！』とか言うでしょ」

それと同じっすよ、と普通に諭《さと》される私でした。謎の説得力。

それはさておき言葉が通じるとなれば話は早いですね。

私たちは畑を荒らされた国の人々のために魔族を退治しにきたわけですけれども、対話ができるのであれば無理にこちらから襲う必要もないでしょう。

というわけで私は平和的解決のために語りかけました。

「他に食べ物ないですか？」

間違えました。「……実は私たちがここにきたのには理由があるんです。こちらの集落《しゅうらく》で一番偉い方はどなたですか？」

「私ですが」

「そうですかなるほど……」

「お腹が空いたんですか？」

「実はあなた方の昨今《さっこん》の行動について近くの国から苦情が出ているんです」

「パンありますけどいかがですか？」

「まじですか？」

嚙み合っていないようで嚙み合っている会話の末。

「とりあえずそちらの席へどうぞ」テーブルへと私を促す魔族の一番偉い人。

「これはこれはどうも」ぺこりと会釈《えしゃく》する私。

私と魔族の一番偉い人――族長さんの二人を中心に和平交渉がそれから幕を開けました。

私は手始めに近隣の国から出ていた苦情について簡潔明瞭に伝え、ちょうどそのタイミングでパンとサラダが出てきたので食べました。もぐもぐしている間に族長さんはシチューを完成させ、私はそれからパンのおかわりを所望したのちにシチューも頂きました。

「まあ美味しい」

ちょっと味が薄い気がしますが、普通に食べられる味です。

「ふふふそうでしょう。美味しい魔物の肉をふんだんに使ったシチューなのですよ」

胸を張る族長さん。

「何という種類の魔物なのですか」

とりあえず程度に尋ねる私はまるで小さなレストランへと来た客のような気分でした。シェフもとい族長さんは、よくぞ聞いてくれましたと言いたげな満ち足りた表情で頷きながら、

「牛っぽい魔物の肉です」

と語りました。

近隣の地域で放し飼いにしているそうです。

「ほうほう」

存外《ぞんがい》、魔物も美味しいものなのですね、と相槌を打つ私。

「待て。牛っぽい魔物の肉だと？」

私の横からナナマさんがぬるり現れたのはその直後のことでした。「貴様ら牛っぽい魔物の肉で料理をしているのか？」

「いつの間に来たんですか」洞窟内をひたすら暴れ回ってた気がするのですけど。

「私は飯の匂いには敏感なんだ」

「そうなんですか。ところでほかの魔族たちはどうしたんですか？」

「すううううううううううううううううううっ……」

「話聞いてくださいよ」

「テイスティング中だから話しかけないでくれ」

「そのシチュー私のなんですけど」

「すうううううううううううううううううううううううううっ……」

「全然話聞いてくれない……」

今しがた私が食べていたシチューが注がれたお皿に顔を近づけ息を吸い込むナナマさん。そういえば食材で妄想しているときのナナマさんは周りの情報が一切入ってこないと言っていましたね。どうでもいい情報を思い出して私は真顔になりました。

「……ぶひ」『ぶひぃ……』『ぶ、ぶひ……！」

おそらくはナナマさんと戦っていた（襲われていたと言ったほうが正しいかもしれませんけど）魔族たちは一様に彼女を恐れ、距離を取ることにしたのでしょう。

背後から囁《ささや》き合うように「ぶひぶひ」と声が漏れ聞こえ、振り返ってみれば豚っぽい見た目の魔族のお仲間たちがぷるぷると震えながらナナマさんを見つめていました。

「彼らは喋れないいんですか？」

族長さんに尋ねる私。

「いえ喋れますけど」

「でもぶひぶひ言ってますよ」

「人間のあなた方も恐ろしいものを見かけたら『うわ……』『ヤバ……』などと言うでしょう。大体それと同じですよ」

「はあ……」

そういうものですか、と強引に納得する私。

ナナマさんがくわっとしたお顔で族長さんへと顔を上げたのはその直後。

「私にも牛っぽい魔物のシチューをもらえるか？」

どうでもいいですけど牛っぽい魔物って何ですか。

もうちょっとマシな名前なかったんですか。

「え？　ええ……構いませんけど」

先ほどから奇怪《きかい》な行動しかとっていないナナマさんに対して若干の戸惑いを見せながらも族長さんは頷き、それから彼女のぶんのシチューをよそってくれました。

「いただきます――」

そしてナナマさんはスプーンを手に取り。

食べました。

「……！」

直後に彼女は目を見開きます。驚愕に満ちた表情。

「一体何だこれは――」

あるいは怒りを感じている表情だったかもしれません。

手にしたスプーンを握りしめながら、彼女は叫びました。

「ふざけているのか貴様ああああああああああっ！」

「ええっ？」驚く族長さん。

ナナマさんはそれから立ち上がると族長さんをずるずると引きずり、鍋を置いている焚き火の元へと進みました。

――私、これから族長さんと平和的なお話をしようと思ってたところなんですけど。

「貴様は食材の声をちゃんと聞いているのか？　一体どうやったらこんなふざけた味付けができるんだ！」

「ええっ？　ですが我々の集落ではこのシチューを日常的に食べているのですが――」

「はっきり言おう。貴様が作ったシチューは泥水《どろみず》以下だ」

「泥水以下……」

「これを食べて喜ぶ者はすべて舌が死んでいると思え」

私いまそれ食べて美味しいって言っちゃったんですけど。

私の舌って死んでたんですか？

「あのう、そもそも貴女がたは一体どうして我々の洞窟まできたのですか……？」怯えた様子でナマさんに尋ねる族長さん。

「はあ？　くだらない質問をするんじゃない。そんなの決まっているだろうが！」

彼女はそれから族長さんの肩に手を置き。

そして言いました。

「――うめえ魔物料理を作るためだよ……！」

違います……。

「お前に本物の魔物料理を教えてやるよ……」

ほんと違います……。

と私が制止したところで止まる彼女ではありませんでした。

それからナナマさんは「私を食糧庫に案内しろォ！」と物資《ぶっし》を盗みにきた山賊《さんぞく》のようなことを言いながら族長さんを連れまわし、魔物の肉や野菜、果物などといった、ありとあらゆる食材を引っ張り出してきました。

「すうううううううううううううううううううっ……」

そして引っ張り出した直後に彼女は食材に顔を近づけながら息を思いっきり吸いました。吸ったのちに顔を上げました。

「はあああああああ……！　よい食材を持ってるじゃないか……！　ふは、はははははは！」

恍惚《こうこつ》としたお顔のナナマさん。

「うわ」「ぶひ……」

私と族長さんは揃って引いておりましたが例によってどうせ彼女の耳には一切聞こえていないことでしょう。もう慣れましたとも。

しかしながら少々危《あぶ》なっかしい一面を持ち合わせていながらも彼女はやはり生粋《きっすい》の料理人なのです。

ナナマさんはそれから顔を上げたのち、族長さんの肩に手を回し、囁きました。

「さあ包丁を握れ。私がお前を一人前にしてやるよ……」

「い、一人前……ですか？」ぶひ、と驚く族長さん。

「ああ。大人にしてやる――と言ったほうが正しかったかな？」

「ぶ、ぶひ……！」

いかがわしい会話にも聞こえるような聞こえないようなやりとりののち、ナナマさんは族長さんに料理を一つひとつ教えていきました。

「オラぁ！　休んでるんじゃねえ！　もっと手を動かせ！」パァン！

「ぶひぃっ！」

「何だその鳴き声は？　甘ったれるな！」スパァン！

「ぶひぃっ！」

「ふふ……、今、どんな気持ちだ？　感想を言ってみろ。この豚野郎」

「す、すごい……！　新しい世界が見えたような気がしま」

「黙《だま》れこの豚！」スパァァァァアン！

「ぶひぃぃぃぃぃぃぃぃぃぃ！」

…………。

いかがわしいやりとりのようにも聞こえますが料理をしているだけです。

ともかく二人によって、

「オラぁ！」『ぶひぃっ！』

…………。

初めこそ戸惑っていたものの、族長さんはナナマさんの指導を熱心に聞き、学び、牛っぽい魔物を使った料理を次々とマスターしていきました。

シチューに始まり、ステーキ、煮物《にもの》、チャーシュー、角煮《かくに》、酢豚《すぶた》、ポークステーキなどなど多くの料理が美味しそうな香りとともにテーブルに並びます。後半豚肉料理ばっかりですね……。

「……なんかいい匂いがするな」「族長！　何ですかこの料理！」「うまそう……」

私たちの様子を遠巻きに窺《うかが》っていた魔族の仲間たちも武器を置いて徐々《じょじょ》に集まり、テーブルに並べられた料理の一つひとつに手を伸ばします。

「――うめぇ！」

こんな美味い料理は食べたことがない。

魔族の仲間たちは感動に打ち震えます。もっと食べたい、作り方を教えてくれ――魔族たちは目を輝かせながら、ナナマさんに詰め寄りました。

「はははははははははははははははははは！」

魔族たちの歓声《かんせい》を浴びてご満悦《まんえつ》のナナマさん。

やがて彼女は首をかしげて言いました。

「結局私たちって何しにきたんだ？」

「それ私が聞きたいんですけど」

私たちが国から出ている苦情についてお話をしたのは、結局お腹をひたすら満たした後になってからのことでした。

「というわけで一緒に料理した結果できたものがこれだ」

おそらく国に戻った私たちを出迎えた役人さんと兵士さんたちは驚いたことでしょう。

魔女と料理人。

たった二人で危険な魔族が住む洞窟へと突入したというのに、帰ってきた私たちは大量の魔物料理と、魔族たちの長――族長さんを連れていたのですから。

「あの、これは一体どういう……？」

怪訝《けげん》な顔を向ける役人さん。

ご説明しなければならないでしょう。

私は洞窟内での出来事を振り返っていました。

○

「人々の作物を荒らしていたのは大変申し訳なく思っています……、しかし我々も理由なくあのようなことをしたわけではないのです」

一段落したのちに魔族が抱えている事情を教えてくれたのは族長さんでした。

シチューを頂くときにお話ししていた通り、洞窟に住む魔族たちは元々、家畜《かちく》として牛っぽい魔物を飼育《しいく》していました。

今まではそうして自給自足的な生活を満喫《まんきつ》していたのです。

「ところが最近、我々の家畜が人間に襲われまして……」

一体どこの誰が行ったことなのでしょうか。なぜ襲われたのでしょうか。詳しい事情は分かりません。ただ明白なのは、家畜が人間に襲われたことのみ。

魔物たちは食べ物に困り、怒り、そして腹いせ的に近くの国の作物を荒らしたのです。

元々国と魔族たちの洞窟が隣接していたせいで、国の人々の仕業であると断定されてしまったのかもしれません。

「なるほど、そういう事情でしたか――」

話を聞いた段階で私は国の人々と魔族の間で行き違いがあったことを察しました。

私たちに依頼をした役人さんたちの様子から察するにおそらくは魔族たちが飼っていた家畜が襲われたこと――そもそも家畜を育てていたこと自体、彼らは知らなかったのでしょう。

自身の行動に思い当たる節があるのなら私たちに解決を頼みませんし。

そもそも魔族たちが意思疎通《いしそつう》できる相手だと知っていたのならば自分たちで対話に踏み切ることでしょうし。

おそらくは魔族さんの家畜を襲ったのはまったく見ず知らずの第三者。旅人、商人、冒険者、もしくは賊。ともかく良識の欠けたどなたかの仕業でしょう。

というわけで私は以上の推測を踏まえて、族長さんに勘違いであることを説明し、「とりあえずお料理でも持って行って和解しません?」と一緒に来るようにお誘いしたのです。

こうして私たち三人で国に戻り、そしてお役所まで赴き、たくさんの料理をテーブルに並べることなったのです。

「……そういうことでしたか」

ふむぅ……と深く頷く役人さん。「いやぁ……我々もおかしいと思ったのですよ。今までずっと平和的にお互いの領土を保っていたというのに、いきなり襲ってきたので……」

作物が多少犠牲になったとはいえ、ひとまず平和的な解決を迎えられたことに安堵《あんど》しているのでしょう。深いため息をつく役人さんの表情は和らいでいました。

「こちらも早とちりでとんだご迷惑をおかけしました……」

すみません、すみません、と頭を下げる族長さん。

持ってきたお料理を手で指しながら「こちらはお詫《わ》びの印です」と語る様子は人間よりも人間らしく見えました。

「ほほう。いいのですか？　では……」

役人さんが我先《われさき》にと料理へ手を伸ばします。

「……おおっ！」

一口食べた後に浮かべたお顔は洞窟内で見た魔族たちと同じく喜びと驚きに満ちています。「皆も食べなさい。絶品《ぜっぴん》ですぞ！」

後ろに控えていた兵士たちは顔を見合わせたのち、役人さんの後に続いてゆっくりと料理に手をつけていきます。

一人、また一人。

お役所の中に笑顔が増えていきました。

「ふっ……教えた甲斐《かい》があったな……」

そして私の隣にひかえるナナマさんもまた、満足そうな笑みを浮かべておられました。

紆余曲折《うよきょくせつ》ありましたけれども、和解のための交渉がスムーズに進んだのは彼女が族長さんに教えたお料理のおかげ――といっても過言ではないのかもしれません。

テーブルを取り囲むとき、人は身分も種族も関係なくなるのです。

ただ平等に料理を愛し、お腹いっぱい食べることへの喜びに満ちた顔が、お役所の一室には並んでおりました。

まさに平和的解決。

私は本日の功労者《こうろうしゃ》たるナナマさんを小突《こづ》きながら言いました。

「牛っぽい魔物の調理方法、よく知ってましたね」

やるじゃないですかー、と語りかける私。

ナナマさんは誇らしげに「ふっ」と鼻を鳴らしながら答えます。

「ここ最近、乱獲しまくって研究してたからな」

「へえー」

いっぱい研究したんですねー。

と頷く私。

「……ん？」

乱獲？

いま乱獲と言いました？

「――そういえば、結局、あんたたちの家畜を襲ってた人間ってのはどんな奴だったんだ？」

兵士長さんが尋ねます。

首を振りながら、族長さんは「残念ながら現場を目撃できた者がいないのです……」と俯いて答えました。

「そうか……大変だったな」

「ええ……。牛っぽい魔物たちも乱獲のせいで少し逃げてしまって……今は以前より大幅に数を減らしてしまっています」

「……今後は俺たち兵士もあんたらの家畜の護衛につかせてくれ。隣人の危機を黙って見過ごすわけにはいかないからな」

「！　いいのですか？」

「当然だ。同じ卓《たく》で飯を食った仲だろ？　あんたと俺たちはもう味方同士だ――」

「へ、兵士長さん……！」

という族長さんと兵士長さんの感動的なやりとり。

それを隅っこのほうから眺《なが》めながら、ナナマさんは「む？」と首をかしげます。

「……ちょっと待て。やつらは牛っぽい魔物が乱獲されたことに怒っていたのか？」

「今更《いまさら》何聞いてんですかあなた」

話聞いてなかったんですか？

さっきも散々《さんざん》話しましたし、そもそも洞窟でも同じ話してましたけど？

「私は洞窟内では忙しかったからな」

「そうでしたっけ？」

洞窟内での出来事を再び思い出す私。

「すううううううううううううううううう……！」

そして私が振り返った回想の中で思いっきり肉の匂いを嗅いでトランス状態になってるナナマさん。


わあほんと。

全然聞いてないですね。

びっくりです。

ですが今しがた兵士長さんと族長さんが交わしていた会話は聞いていたはずです。

「一応聞いておきたいんですけど、牛っぽい魔物を乱獲したのって、あなたじゃないですよね？」

尋ねる私。

「用事を思い出した。私はこれにて失礼する」

歩き出すナナマさん。

これほどまでにあからさまな逃げ方が未だかつてあったことでしょうか。

「待ってください」肩を摑《つか》む私。

「さらばだ！」

走り出すナナマさん。

扉を蹴破《けやぶ》り彼女はそのままお外へと逃げてしまいました。

あまりの勢いにその場にいた誰もが振り向き、首をかしげました。

「……彼女は一体どうしたんだ？」と兵士長さん。

僭越《せんえつ》ながらお答えしましょう。

「あのひと犯人ですよ」

「何だと！」

私が指差した先にはナナマさん。

「おい！　お前ら、追うぞ！」

仲間を引き連れ、兵士長さんが走ります。

「待てえええええええええええええええええっ！」

国中に響き渡る兵士さんたちの叫び声。

「ふははははははははははははははははははは！」

それと明らかに危険人物としか思えない笑い声。

途端《とたん》に騒がしくなった街をぼけーっと眺めながら、私はお口直しのアイスを一つ、食べるのでした。

◯

数日の滞在《たいざい》ののちに私は国を出ていきました。

「死ぬかと思った」

それと一緒のタイミングでナナマさんも出てきました。牢屋《ろうや》から。

「数日間牢屋で反省させられた程度で済んでよかったですね」

種族間の問題を起こした張本人《ちょうほんにん》とはいえ、魔族と人間の和解のきっかけともなった功績が認められたのでしょう。

彼女に対する処罰《しょばつ》は本来よりもかなり軽く、罰金《ばっきん》なども科されることはありませんでした。街の人々と魔族の方々の義理人情に感謝すべきですね。

「よければいきたい場所まで送って差し上げましょうか？」

それと私の優しさにも感謝していただきたいですね。「牢屋から出たばかりでろくに食べ物も食べていないでしょうし。このまま旅をすれば倒れてしまいますよ」

はいどうぞ、と私は携帯食料を一つ手渡しつつ言いました。

「おお……！　ありがとう」

彼女は流れるように携帯食料を口に運びました。

直後です。

「一体何だこれは――――！」くわっ、と目を見開くナナマさん。「ふざけているのか！　何だこの味は！」

「携帯食料に美味しさを求めないでください……」

洞窟でシチュー食べた時と同じ反応しないでくださいよ……。

「ところでイレイナはこれからどこに向かうつもりなんだ？」

「いえ別にどことも決めていませんけど」

「ふむ……、では、お前の次の行き先は私が決める、ということか？」

おそらくは数日前と同じくナナマさんを連れて移動することになりますし、必然的にナナマさんが向かう先で私もしばらく滞在することとなるでしょうし、

「ま、そうですね」

結果、私はこくりと頷きました。

「そうかそうか……責任重大だな……」

ふむう、と考え込むナナマさん。

別にそこまで深刻に考えるようなことではないですけど……。

一生旅路を共にするわけでもないんですし。

「気楽に提案してもらっても大丈夫ですよ。私はどんなところでも拒みませんし――――」

などと。

私が笑いかけた直後のことでした。

「おい！　大変だ！」

森の向こうから一人の男性が慌てた様子で駆けてきました。まあ大変。何があったのでしょう。

「どうしたんですか？」

特に考えることなく自然に尋ねる私。

男性は言いました。

「この近くの村で魔物が暴れてるらしいんだ！　あんたら、ひょっとして旅人か？　なあ頼むよ。退治してくれないか？」

魔物が、暴れてる……？

じとりとナナマさんを睨む私でした。

「いや私じゃない。私のせいじゃない。こっちを見るな」そもそもここ数日は牢屋にいただろうが、と顔をしかめる彼女でした。

それもそうですね。

「それで、魔物の特徴は？」

助けると決めたわけではありませんが、聞いておいて損はないでしょう。

尋ねる私に、男性は声を張りつつ言いました。

「キノコの形をした魔物だ！」

キノコの形をした魔物。

ですか。

なるほどなるほど。

私は心を閉ざしました。

「…………」

「ほう……？　面白いじゃないか」一方で私の隣でにたりと顔が綻《ほころ》ぶ気配がありました。

嫌な予感。

「よし。イレイナ。次の目的地が決まったぞ」

「無理です」

「次はこの先にある村に行こう」

「嫌です」

「そしてキノコ料理をお前には振る舞ってやろう……」

「お断りします」

私は俄然《がぜん》やる気のナナマさんを無視するようにほうきに乗って、宙にふわりと浮きました。

キノコ料理だけは絶対に嫌です。

というわけで。

「用事を思い出したので、これにて失礼します」

私はどこかの誰かのような言い訳を残しつつその場を後にしました。

しかしながら、その人物がその後どうなったのかは知っての通り。

「ふはははははははははっ！　待て！　逃すかあああああああああああっ！」

とてもとても楽しそうに笑いながら、ナナマさんは私のほうきを全速力で追い回すのでした。


その後。

とある村にて、青ざめた顔をした魔女と奇妙な高笑いをあげる女性が飛び込んできたのちに、キノコの形をした魔物を退治していったそうです。

ところでその魔女とは一体誰でしょう？

そう、私です……。

第二章

山と海の兵士たち

旅人のお嬢《じょう》ちゃんたち、見えるかい。

ここから北に進んだ先に山があるだろう。そこが我々の国、山《やま》の国《くに》だ。

緑豊かで、山菜《さんさい》もたくさんとれる。動物もたくさん棲《す》んでいるから料理はどれも絶品《ぜっぴん》だし、何といっても気候が穏《おだ》やかで住みやすい。俺が知ってる限り、うちの故郷《こきょう》ほど素晴《すば》らしい国は見たことがない。

さっき話してくれたけれど、君たち二人は住む場所を探しているみたいじゃないか。それだったらうちの国みたいな穏やかな国がいいぜ。間違《まちが》っても海のほうには向かっちゃだめだ。

ここから南にずっと下った先には海があってな、そこに海《うみ》の国《くに》っていう国があるんだ。まったくもって筆舌《ひつぜつ》に尽《つ》くし難《がた》いほどに酷《ひど》い国さ。

山はないし、山菜もまったくない。動物がいないから魚料理ばかりだし、何といっても緑がまったくない。山の国に当然のようにあるものが何一つないんだ。住めたもんじゃないぜ。

ここから向かうなら絶対、山の国だ。間違いない。

見たところ、お姉さんのほうは剣士《けんし》さんで、妹さんは魔法使いなんだろ？　だったらきっと楽しめると思うぜ。うちの故郷には、武術や魔術に磨《みが》きをかけるための施設がたくさんあるんだ。

どうしてか分かるかい？

うちの国ではずっと前から、海の国と争ってるからさ。

ここはちょうど山の国の領土《りょうど》の端《はし》の端、海の国と隣接している土地なんだが、連中はここが自分たちのものだと思っているらしい。

ほら、見てくれ。

ちょうど昨日も連中はこの土地を訪れたようだな。看板が置いてあるだろ。

『川の地は海の国の領土である』

どうやら、領土に恵まれない哀《あわ》れな海の国の連中は川の地が欲しくてたまらないらしい。だが残念ながらここは我々の領土だ。

だから俺たちは、連中に現実ってもんを思い知らせてやんのさ。

こうして看板を設置して――。

『川の地は山の国の領土である』

ってな。


「ここ、川の地というのですか」

わたしはマフィンを食べながら「ほへー」と兵士さんのお話に頷《うなず》いていました。お姉ちゃんも隣《となり》で「なるほどぉ」と相槌《あいづち》ひとつ。争いのお話を聞いているというのにわたしたちは揃《そろ》ってのんびりとした様子でした。

靴《くつ》を脱いで素足《すあし》をひんやりとした川の流れに浸しているせいで、緊張感が足先からふわふわ抜けてしまっているのかもしれません。旅に疲れた足が癒《い》やされていきます……。

兵士さんはそんなわたしたちの様子を気にすることなく話し続けます。

「二人とも見てくれよ。川は山から流れてるんだ。つまり川ってのは山の所有物だ。そうだろ？だからこの川の地も俺たちの領土なのさ」

この辺りの地域を描いた地図を見せてくれました。

山の国は地図のだいたい上半分。だいたい下半分は海の国の領土だそうです。川の地はその中心部分。ほとんど平地のため川の流れはとても緩《ゆる》やか。見渡す限りに木々もそこそこ、けれどすぐ先には海があり、ここが山なのか海なのかと言われればどちらでもないと答えざるを得ない——そんな感じの場所でした。

川には川特有の生態系があり、わたしたちの足元を流れる水の向こう側にも、魚がゆらゆらと泳いでいるのが見えました。

豊富な資源は取り合いの火種《ひだね》になるということなのでしょう。

「お姉ちゃん、これあげます」

わたしは傍《そば》に置いてあったマフィンを包みから一つ取り出し、お姉ちゃんに献上《けんじょう》します。

「いいの？」

「もちろんなのです。元々お姉ちゃんと二人で食べるために買ったものですから」

ここに来る前に訪れた国で大量に買ったマフィン。いっぱいあるのでどうぞどうぞ。

お姉ちゃんは「じゃあ遠慮《えんりょ》なく。ありがと」と笑いながら手を伸ばします。

海の国と山の国もわたしたちと同じように仲よく半分こできればいいのに、と思ってしまいますけれども、きっと彼らにとってそれは耐え難いことなのでしょう。

「こんなふざけた看板立てやがって！」『おい、これバラバラに砕いて燃やしてやろうぜ」

わたしにお話をしてくれた兵士さん――の後ろで、お仲間たちが、海の国によって作られた看板を岩に向かって投げつけ、踏んづけ、怒りをぶつけておりました。

あんな状態では分かり合うというのも難しいです。わたしにだってそれくらい分かります。

とりあえずかける言葉が特になかったので、わたしは兵士さんに「頑張《がんば》ってください」とシンプルにエールを送りました。

兵士さんは「ありがとう」と笑います。

それからほどなくして、わたしたちは濡《ぬ》れた足を拭《ふ》き、靴《くつ》を履《は》いてからほうきに乗ります。

まだ旅の途中。川の地を訪れたのも単なる寄り道です。

兵士さんたちにお別れの挨拶《あいさつ》をすると、彼らは笑いながら「こちらもいい休憩になった」と答えてくれました。

とてもいい人たちでした。

「ああいう顔を海の国の人たちにも見せてあげられたら平和なのに」

青空の下の平原をほうきで飛びながら、わたしは呟きます。一緒のほうきに腰掛けているお姉ちゃんが「そうね」と頷きました。

「でもちょっと難しいかも」

お姉ちゃんはぽつりぽつりと語ります。「一度敵だと思った相手には何をされても悪意があるように感じられちゃうものでしょ。多分、相手の国がどんなことをしてきても、彼らはまず悪意ある行動なんじゃないかって勘繰るんじゃないかしら」

例えば和平を申し入れても、彼らはきっと最初は「罠かな?」と疑うことから始めるでしょう。争いの歴史は騙《だま》し合いの歴史でもあり、相手を出し抜くために常に睨《にら》み合い、威嚇《いかく》し合うせいで、関係は悪化《あっか》の一途《いっと》を辿《たど》るのだといいます。お姉ちゃんはそういうものをひっくるめて先入観と言うのよと教えてくれました。

「そういうものなのですか」

「そういうものです」

「何か解決方法みたいなのはないのですか」

「それは分からないのです」

「口調を真似《まね》しないでくださいお姉ちゃん」

むむっ、と頰《ほお》をふくらませるわたし。

お姉ちゃんはくすくすと笑いながらも、「ごめんごめん」とわたしの肩に触れます。

まったくもう。

「お姉ちゃん、次はどこの国に行きたいですか」

「平和な国がいいかなぁ」

「では山の国と海の国以外ですね」

何やら争い合ってるみたいですし。

避けるのが無難《ぶなん》でしょう。

「アヴィリアはどんなところがいいの？」

「平和な国なのです」

お姉ちゃんと同じく。

山の国、そして海の国とは違いわたしたちは譲り合い、心を開き、互いを見つめる目はいつも笑みに満ちています。

今日も後ろを振り返ってみれば、いつものように笑っているお姉ちゃんの姿が――。

「ねえアヴィリア」

むむむ？

わたしの名を呼ぶお姉ちゃん。その顔が少々怪訝《けげん》な様子に見えました。眉根《まゆね》が下がり、どことなく心配事があるような雰囲気《ふんいき》。

「どうしたのですかお姉ちゃん」

まるで何か大きな忘れ物でもしたかのような不安に満ちた顔にも見えました。どうしたのですか？　先ほどの川の地に何か忘れてしまったのですか？

「マフィン」

「え？」

……何です？

「アヴィリア、さっき食べてたマフィンはどこにやったの？」

首をかしげながら、お姉ちゃんはわたしの荷物に目を向けます。

手で触れて確認してみるわたし。マフィンの包みがない。むむ！　視線を向けて確認するわたし。

むむむ！　マフィンの袋が、ない！

「あああああああああああああああああああああああああああっ！」

さっき滞在《たいざい》していた川の地に袋ごと思いっきり忘れてきてしまったことにわたしは気がつきました。何ということでしょう！

わたしともあろうものがよりによってお菓子《かし》をその場に置いてきてしまうなんて……！

「大失敗なのです……！」

「たくさん買ったのにねー」残念、と肩をすくめるお姉ちゃん。それから「どうする？　戻る？」と提案もしてくれました。

しかしながらわたしは考えます。

今更《いまさら》戻ったところで川の地からは結構離れており、まあまあな時間のロスです。そもそも戻ったところで兵士さんたちが「おっ、マフィンの忘れ物じゃん、ラッキー」と食べてしまっているかもしれません。

……ここは少々もったいないですが、先に進むほうがいいでしょう。

わたしはため息をつきながら、言いました。

「次に行く国は美味《おい》しいマフィンがある国でもいいですか？」

後ろでお姉ちゃんは「もちろん」と笑います。

少なくともわたしたちの間では、山の国や海の国のような争いごとは起こりようもありませんでした。

○

「おい見ろよ！　マフィンが置いてある！」

仲間が興奮しながら指を差す。俺も最初は何かの冗談かと思ったが、確かに間違いなくマフィンの包みが川の地には置いてあった。

当然ながら我々はざわついた。

宿敵である山の国の連中の仕業であることは間違いない。我々が作った看板もご丁寧《ていねい》に破壊されており、挑発的な看板が新たに立てられている。

『川の地は山の国の領土である』

しかしながらその傍《かたわ》らにはマフィンの包みが置かれている。サイズは中々。おそらく結構な量が入っていることが推察される。

だが油断は禁物だ。

マフィンを置いたのは我々の敵なのだ。きっと何かの罠に違いない――私と仲間たちは言葉を交わすこともなく同じ結論に至った。

「……包みを開いてみよう」

私は警戒しながら仲間たちを集め、包みに手をかけた。

直後に我々は信じられないものを目にすることになる。

「こ、これは……！」「おいおい信じられねえ……！　本物のマフィンじゃねえか！」「しかも近くの国の人気店のモノだ……！」「一体何が起こっているんだ……？」

何とそこにあったのは本物のマフィンだったのである！

一体何が起こっているのだ？　敵にマフィンを送るなど聞いたこともない。少なくともこれまで我々と山の国がこの川の地に置き土産《みやげ》として置いてきたものは、侮辱的《ぶじょくてき》な看板にはじまり、罠の数々であった。

であれば、ひょっとしてこれも何かの罠なのか……？

私は推察する。

「お前たち！　早まるな。食べたらよくないことが起こるかもしれんぞ」マフィンに興奮する仲間たちを私は制止する。

仲間はマフィンを一つ手に取り、シリアスな顔で私に答えた。

「大丈夫だ。賞味期限は問題ない」

いやそういうことを言ってるんじゃないんだが。

「毒が入ってるかもしれないだろ。食べるのはよせ」

「毒……だと……！」

仲間たちが目を丸くして驚く。「馬鹿《ばか》な！」「マフィンに毒だと……？」「なんて卑劣《ひれつ》な連中なんだ……！」

怒りは途端《とたん》に伝播《でんぱ》し、我々の心は一つになった。やはり山の国の連中は我々の宿敵《しゅくてき》である。この川の地も連中から守り通さねばならない。なぜならこの領土は我々のものでありマフィン食いてえな……。

ぐるるると腹が唸《うな》る。そういえば朝から遠征《えんせい》でここまできたため何も食ってない。

「なあ……一個くらいなら大丈夫なんじゃないか？」

仲間の誰かが言った。

確かに毒といっても、少量だけなら命に別状はないかもしれない……。

「ちょっとずつ食べたらなんかこう……うまい具合に体が慣れたりしないかな」

確かに毒って徐々に慣らしていったら効き目が薄くなるとか聞いたことあるな……。

ご覧の通り我々は空腹のせいでおよそ冷静とは言い難い状況にあった。

そんな時のことである。

「おい、あそこ見てみろよ」

仲間の一人が川の地の先――平原を指差す。

見るとそこには魔女《まじょ》がひとり、ほうきに乗って旅をしていた。

「魔女だ」「旅人か？」「なんか暇《ひま》そうだな」「ちょっとあいつに食べさせてみるか」

我々の心は一つになった。


旅の最中。

「おーい！」

などと呼ぶ声にふらふら反応して寄り道する魔女は一体誰でしょう？

そう、私です。

「いかがなさいましたか」

私を呼ぶということは相応《そうおう》の理由があるということでしょう。ひょっとしたら何か困っているのかもしれません。私を呼び止めていいんですか？　私にモノを頼むと高いですよ？　などと得意げな表情から滲《にじ》ませてみましたが彼らに伝わっていたかどうかは微妙《びみょう》なところです。

「あんた今、腹減ってないか？」

兵士さんのひとりが私に言いました。

実はここ――川の地と呼ばれている場所でお昼休憩をとっていたそうで、ちょうどマフィンを食べる頃合いに私が通りかかったのだとか。せっかくなので君もどうだい？　彼らは袋を掲《かか》げながら言いました。私は驚きました。

何とそのマフィンは私が先日まで滞在していた国で、買いたくても買えなかったモノだったのですから――！

「いいんですか？」

「もちろんだとも」

何と優しい兵士さんたちなのでしょうか。これも日頃の行いがいいからでしょうか。私は私自身の清廉潔白《せいれんけっぱく》ぶりに感謝しつつマフィンを一つ手に取りました。

「ありがとうございます」

それではいただきます――私はふんわり膨らんだマフィンの端っこをひと口ぱくりと食べました。とろけるような甘味《あまみ》が口にじわりと広がります。何と幸せなことでしょう。私の顔はもぐもぐしながら徐々《じょじょ》に綻《ほころ》んでいきました。

そんな私を見守るように見つめる彼らは、ごくりと息を呑《の》みながら、尋ねます。

「ど、どうだ……？」

言うまでもありません。

「絶品《ぜっぴん》ですね」

「よしっ！」

パァン！

私が答えた直後、彼らはまるで賭《か》けに勝ったかのような勢いでハイタッチ。

何ですか何ですか。一体何がどうしたっていうんですか。

「いやあすまない。実は――」

かくかくしかじか。

彼らは私に説明しました。曰《いわ》くこのマフィンは敵国が置いていったものであり、毒入りの可能性もあったとのこと。

なるほどなるほど。

「よくそれ私に言えましたね」

「ははは！　問題なかったし、いいじゃないか」

あなたたちひょっとしてバレなければ犯罪してもオッケーみたいな思考回路の持ち主ですか？　何と下衆《げす》い方々でしょう。私を見習ってほしいものです。むふんと腰に手を当て、いかにも怒っていますよとアピールする私。

彼らはそれから安全と分かったマフィンを次々と袋から取り出しながら、川の地にまつわるお話を私に聞かせてくれました。

曰くずっと前から彼らは山の国と争い続け、いつもいがみ合ってきたのだと言います。

「いつが始まりだったかは分からない。いつも山の国の連中はこの地で我々に対して侮辱的《ぶじょくてき》な行為を繰り返してきた。その度に我々もまたやり返してきた。やられたらやり返すのが我々の日常だった」

流れる川は海に直接続いており、つまり川の地は海のものであり、要するに海の国の領土である。というのが彼らの主張でした。

「山の国ってどんなところなんですか？」

二個目のマフィンを食べながら私は尋ねました。

「ここから北に進んだ先にある国だよ」兵士さんの一人が答えてくれます。「我々の国と違って海はなく、資源も山でとれるものしかない。面白みがない国さ」

なるほど？　つまりあまりよくない国ということでしょうか。

私がふむふむ考えていると、兵士さんの誰かが言いました。

「でも夏場は結構涼しくて過ごしやすいよな」その言葉に誰かが頷きました。「ああ、俺たちの国は夏場は暑くて仕方ないからな」「山菜も結構美味《うま》いんだぜ」

マフィン片手に喋《しゃべ》る彼らの口調はいずれも穏やかなものでした。争っている国に対して語っているにしては和気藹々《わきあいあい》としていて、まるで旅先の思い出を語り合っているような気軽さがありました。

「……嫌いな国なのではないんですか？」

だから争っているのでしょう？　私は彼らに尋ねます。

すると彼らは「そうだな」と頷き、

「ま、嫌いは嫌いだが——しかしこのマフィンを置いたセンスだけは褒《ほ》めてやってもいい」

と答えました。

よほど美味しかったのでしょう。マフィンの包みを眺《なが》める視線はどなたも満足げに見えました。

「で、お返しには何を贈るつもりなのです？」

「お返しだと？」私の言葉に兵士の一人が驚きました。「魔女さん、おかしなことを言うもんじゃない。連中は敵だ。お返しなど考えてはおらんよ」

「せっかくお腹いっぱいにしてもらったのに？」

それは少々失礼ではありませんか？　私は「あーあ、山の国の人たちが可哀想《かわいそう》……」と言いたげな雰囲気をたっぷり含ませながら腰に手を当てました。

結果彼らはとても気まずそうに目を逸《そ》らすのでした。

多分自覚はあるのでしょう。

「た、確かに……もらってばかりというのも性《しょう》に合わない。我々はやられたらやり返してきたのだから……」

けれど。

兵士の一人が呟《つぶや》きます。

「今から買ってきてお土産を用意するには少し時間がないな……」

彼らは川の地の監視のために派遣された兵士たち。お土産を買うために他の国に寄り道をしている時間はないのです。

なるほどなるほど。

であれば暇な人間の出番ということではないでしょうか。具体的にいえば旅の魔女とか。

「よければ買ってきて差し上げましょうか」

私は端的《たんてき》にご提案。彼らは驚き目を丸くしながら「いいのか？」と前のめりになりました。

ええもちろんかまいませんとも。

「手数料はたんまり頂きますけど」

「何だと」

彼らは驚いていました。「俺たちで金儲《もう》けをするつもりか！」「汚いぞー！」口々に不満の声があちこちから飛んできました。

おやおや心外《しんがい》ですね。

「やられたらやり返すあなた方に倣《なら》っただけですよ」

マフィンの毒味《どくみ》に利用されたお返しとして、私のお金儲けにも協力してもらいますよ——と。

私はにこりと笑いながら彼らに語って差し上げるのでした。

○

——さっき話した通り、俺たちの国と海の国ってのは昔から抗争《こうそう》を繰り返していたんだ。やられたらやり返すのが我々の日常だ。

先日も連中が変な看板を立ててきたから、俺たちはそれを潰して新しい看板を立ててみせたのさ。

『川の地は山の国の領土である』ってな。

で、今日見にきたらこんなことになっていたんだ。

こっちは挑発してやったってのに、一体どういうことだ？

一体何で食い物と酒が置いてある？

おまけに手紙まで同封されてやがる。

『先日いただいたマフィン、大変美味しゅうございました。これはお返しです――海の国より』

マフィンなんざ俺たちは贈った記憶はないんだがな。

確かにその時一緒にいた旅の姉妹が食っていたような気はするが……。

ともかく、俺たちはこの状況が不思議でならないんだ。

嬢ちゃん、あんた旅の魔女なんだろ？

こいつを見てどう思う？

不思議そうな顔をしながら尋ねる山の国の兵士さんたち。

川の地と呼ばれる国境《こっきょう》――二つの国が取り合っている領土には、たくさんのお酒とお肉。それからお菓子が置いてありました。

彼らにとっては宿敵のはずの海の国からの突然の贈り物。戸惑《とまど》いを隠さずにはいられなかったのでしょう。

ぼくが一人でふらふら旅をしている最中のこと。わざわざ呼び止められて意見を求められてしまいました。

「ふむぅ……」

たくさんの贈り物、それからお手紙を眺めながらぼくはしばし考えました。

おそらく贈り物を買ったのは海の国の兵士ではないでしょう。食べ物とお酒のそばには花が添えられており、お手紙の便箋もちょっとだけ可愛《かわい》らしいデザイン。文字も細くて美しく、きっと心が綺麗《きれい》でお顔も綺麗でまさに唯一無二《ゆいいつむに》の美少女であることが容易《ようい》に想像できます。

「俺たちはひょっとしたら罠なんじゃないかとも考えているんだが、君はどう思う?」

兵士さんはぼくに首をかしげます。

いえいえまさか。ぼくはおかしくて笑ってしまいました。

「やだなぁ兵士さん。こんな綺麗な文字を書く人がそんな下劣《げれつ》なことをする人間なわけないじゃないですか」

「君は何を言ってるんだ」

「このお手紙を書いた人は慈愛《じあい》に満ちた美しい心とお顔の持ち主に違いありません……ぼくには分かります」

「何を言ってるんだ本当に」

「ほら、嗅《か》いでみてくださいい……すごくいい匂いがしますよ……」

「手紙からいい匂いだと……? どれ——」

「やめてくださいっ!」

ぺちーん! ぼくは兵士さんの肩を叩《たた》きながら言いました。「この手紙の匂いはぼくだけのものです! あげませんよ!」

「何なんだ君は」

嗅げと言ったのは君じゃないか、と戸惑う兵士さん。まあそんな細かいことはどうでもいいんですよ。

ぼくはお手紙を畳みながら、置かれた贈り物の数々に目を向けます。

「ご心配しなくても、多分ここに置いてあるモノは全部普通に贈り物だと思いますよ」

「何か根拠があるのか？」

「この贈り物からは愛を感じます――」

「この子呼び止めたの間違いだったなこれ」

露骨《ろこつ》に残念そうなお顔をする兵士さんたち。何と失礼な！　ぼくこれでも魔法統括《とうかつ》協会に所属する魔女なんですけど！

「ま、冗談はさておき」

ぼくは言いました。「お話を聞いた感じ、マフィンを食べてた旅人さんたちが置き忘れて行っちゃったんじゃないですか？」

海の国の兵士さんたちは、そのマフィンを山の国の兵士さんたちが贈ってくれたものと勘違い。近くにいた旅人にお返し選びを手伝ってもらった――大体こんな流れではないでしょうか？

フラットな目で状況を整理すれば誰でも簡単に辿り着く結論だと思いますけど。

「ううむ……本当にそうだろうか……？」「ちょっと怪《あや》しい……よな？」「でも美味そうだなぁ……」

「酒飲みてえなぁ……」

とはいえぼくの言葉に兵士さんたちは首をかしげて微妙な表情を浮かべるばっかり。

目の前の魅力的な贈り物に対する関心と、兵士としてのプライドが鬩《せめ》ぎ合っているような雰囲気に満ちていました。

長い年月をかけて争い合った歴史で二つの国の人々の心は凝り固まってしまったようです。

まったく仕方ないですね。

ここはぼくがひと肌脱いじゃいましょう。

話は変わりますけどぼく今日は朝から何も食べてないんですよね。

「皆さんが食べないならぼくがもらっちゃいますね！」

ぼくは途端に贈り物の元へと駆け出します。涼しい日陰に置かれた食べ物の数々。長期保存が効くものばかり選び抜かれていて、砂やほこりがかからないように丁寧に包まれていました。

ふふふ……どれから食べちゃいましょう……。

ぼくはだらしなく顔を綻ばせながら包みを一つひとつ剝《む》いていきました。

「お、おい……！　あの子、贈り物を全部自分で食べるつもりだぞ！」「させるか！」「それは俺たちのもんだぞ！」「酒くれ、酒！」

ぼくに遅れて、兵士さんたちが慌てた様子でこちらに駆け寄ります。

「これはぼくのものです！　あげませんよっ！」

触らないでくださーい！　などとぼくも彼らに応戦。結果、兵士さんたちと奪い合うようなかたちでぼくは朝食を頂くこととなりました。

お腹はすぐに満たされました。

ぼくと違いお酒にまで手を伸ばした兵士さんたちはそれから顔を赤くしながら笑って、騒いで、満足した様子でその場にくつろぎ始めました。

そこに敵国に対する恨みの感情はありませんでした。

もしかしたら、この場所をずっと往復《おうふく》していた彼らには、とっくの昔に敵国に対する恨みの感情なんて消えてしまったのかもしれません。

「しかし、勘違いとはいえ施しを受けてしまったことになる。これからどうすべきか考えねばならんな……」

息をつき、川の地を眺めながら、兵士さんの一人が言いました。

考えねばならんと言われましても。

やるべきことは一つでしょう。

ぼくは答えました。

やられたらやり返すのが我々の日常だった――なんて言葉に則《のっと》って。

「勘違いされたのなら勘違いし返してみては？」

ずっと、いつまでも。

こうしてお互いに勘違いを続けることができれば、それが一番ではありませんか？

海の国と山の国、その両方のちょうど間に位置する川の地は、ずっと昔から両国が取り合い、争っているそうです。

双方の国が互いに『ここは我々の国の領土だ』と主張してやみませんでした。抗争はいつまでもいつまでも続きました。

そして今でも続いているそうです。

けれど不思議なことに、近頃はあまり争っているようには見えないのだといいます。

近頃二つの国を渡った商人さんが教えてくれました。

川の地へと赴《おもむ》く兵士たちは、いつもたくさんの荷物を抱えながら、楽しそうな様子で、国を出ていくのだといいます。

一体なぜでしょう。

争っているはずなのに不思議な話だ、と商人さんは首をかしげていました。

「本当に争ってるんですかね」

ひょっとしたら何かの勘違いじゃありません？

ぼくは笑いながら商人さんに答えるのでした。

第三章

やさしいやさしいフロレンス

THE JOURNEY OF ELAINA

見渡す限りが淡《あわ》い緑の平原に、川が流れていました。

揺《ゆ》れる水面は透き通るような青の空と陽《ひ》の光を映してきらきらと輝いて見えました。触れてみればほんのりと冷たく、まだ冬の寒さが残っているかのよう。

「気持ちいいですね……」

川辺で立ち上がりながらハンカチを取り出すのは一人の女性。

それはそれはとても美しくて賢くて素敵《すてき》な魔女《まじょ》でした。

髪《かみ》は灰色《はいいろ》、瞳《ひとみ》は瑠璃色《るりいろ》。身に纏《まと》うローブは黒。三角帽子《さんかくぼうし》も黒。そして手を拭《ふ》くハンカチは白のレース。

移動しながら朝食として食べたパンの残り香を落とすように川で手を洗ったのち、彼女は傍《かたわ》らに置いていたほうきに腰掛《こしか》けます。

それから地を蹴《け》り、彼女はゆるりと飛び始めます。

川の流れに沿って進む彼女。

明確な行き先があるわけでもなく、このまま進めば人がいる場所まで辿《たど》り着けるだろうという軽いノリで進んでいるだけの彼女は、魔女であり、旅人でもありました。

ここから進んだ先にはどんな出会いと別れがあるでしょう？

空飛ぶ彼女は頰《ほお》を緩《ゆる》めておりました。

何と美しいお顔でしょう。誰が見てもどこからどう見ても素敵な雰囲気《ふんいき》しかない彼女は一体誰でしょう？

そう、私です。

「むむむ？」

そして素敵な私はほうきに乗って一分と経《た》たないうちに首をかしげることとなりました。

視線を向けた方角、川を下っていった先に、馬車が一台。それから数名の人が集まっているのが見えたのです。

休憩中の商人か何かでしょうか？　と思った矢先、私は川辺に集まる彼らから不穏《ふおん》な気配を感じ取りました。

ゆえにむむむと首をかしげたのです。

「いやっ！　離して！」

一人は十代後半程度の少女でした。髪は淡い黄色。癖《くせ》がなく真《ま》っ直《す》ぐ伸びた髪が肩に触れています。身に纏っているのは春らしいロングスカートとセーター。決して派手《はで》でもなければ地味《じみ》すぎもしない、春先ならばどこでも見かけるような普通の格好《かっこう》といえました。

けれど彼女の状況は普通とは言い難《がた》く、焦《こ》げ茶《ちゃ》の瞳には恐怖が滲《にじ》んでおりました。

「へへへ……大人しくしろよ」

「叫《さけ》んだって誰も助けにはこねえよ……」

「怖い思いをしたくなければ……分かるよな？」

彼女の手を摑《つか》み、ぐへへと笑う男たちは見るからに悪党そのもの。事情はよく分かりませんがどうやら男たちが女の子を襲っているであろうことだけは誰が見ても明らか。

あまりにもありがちで分かりやす過ぎる状況を前に、私はほうきを下ろしながらやれやれと肩をすくめるに至りました。

目の前で騒ぎを起こされてはせっかくのいい気分と景観《けいかん》が台無しです。

それと本日はお日柄《ひがら》もいいせいか気分がふわふわと浮ついておりましたゆえ、私は見ず知らずの女性を助けるべく、ほうきをゆっくりと降りるのでした。

「あなたたち」

ご挨拶《あいさつ》でもするように穏《おだ》やかに男性たちに後ろから話しかける私。

彼らは突然のことにほんの少し驚きながらも振り向き、「ああん？」と眉根《まゆね》を寄せました。

「何見てんだこの野郎」「よそ者か？」「引っ込んでな」

私を睨《にら》む目は険《けわ》しく、あからさまな敵意に満ちていました。

まあ怖い。

ひょっとして私の胸元に提げているブローチが目に入らないのでしょうか？

「私は灰の魔女イレイナ。旅人です」簡潔明瞭《かんけつめいりょう》にご挨拶しながら、私は杖《つえ》を出しました。「寄ってたかって一人の女性に迫るだなんて、いささか無粋《ぶすい》だとは思いませんか？」

彼女から離れないと魔法撃っちゃいますよー、というニュアンスを含めて私は語ってみせました。

魔女と一般男性三名では戦力差は歴然《れきぜん》。まともにやり合っても彼らに勝ち目はありません。

「ふんっ、よそ者が出しゃばってんじゃねえよ」

しかし。

もしかしたら彼らは魔法使いという存在すら一般的でないほど田舎《いなか》で暮らしておられるのかもしれません。

「それとも、あんたから怖《こわ》い目に遭《あ》いたいのか？」「なかなか可愛《かわい》い顔してるじゃねえか。へへ……」

彼らはにやにやと笑みを浮かべながら、揃《そろ》って私のほうへとゆっくり、じわりじわりと歩みを寄せ始めたのです。

取り囲めば勝てると思ったのかもしれません。

「まあ無粋」

嘆息《たんそく》しながら私は杖の先に魔力を込めました。

怖いもの知らずの彼らには少し痛い目を見てもらったほうがいいのかもしれません。

食後に運動もしておきたかったですし、丁度《ちょうど》いいでしょう。

「私に近づいたこと、後悔しないでくださいね――」

彼ら三人をじゅうぶんに引きつけたのちに、私は「えい」と杖を振るいました。

それは緑が生い茂る季節の変わり目、初春の出来事。風は冷たく、真昼の日差しは暖かく、なんとなく薄着で過ごしてしまいがちの日々の一幕。

ふわりと舞った風が、私のお鼻をくすぐりました。

「――くしゅんっ！」

そして杖を振った直後のこと。

私は思いっきりくしゃみをしていました。

つまり定めたはずの狙いがすっかりズレてしまったということですね。気づいた頃には私が放った魔法は男たちの後方へと思いっきり直進しておりました。

なんということでしょう。

「へへへ……」「どこ狙ってやがる……？」

男たちがここぞとばかりに下卑《げび》た笑いを浮かべます。

ちなみに彼らの後方、私の魔法が運悪く突き進んだ先には、つい先ほどまで襲われていた女性がのほほんとした様子で立っておりました。

「――へ？」

という彼女の声が聞こえたのとほぼ同時に、私が放った魔力の塊《かたまり》が頭を思いっきり直撃《ちょくげき》しました。

すぱぁん！　と心地よい音が川辺に鳴り響きます。

「ぴゃあああああああああああああああっ！」

男性三名に囲まれていた時よりも悲痛な叫び声をあげながら、彼女はそのまま吹っ飛びました。

おそらくだいたい体ひとつ分ほど飛んでいったのではないでしょうか。

宙を舞った彼女はそのまま川の中にダイブしました。

ばしゃん――と水飛沫《みずしぶき》が派手に舞い上がります。

「…………」

私は唖然《あぜん》としながらその様子を眺《なが》め。

「…………」

それから男性三人組が「お前何してんの……？」などと言いたげなお顔でこちらを見つめるのでした。

…………。

何見てるんですかこのやろー。

○

「ふえええええええええええええっ……」

救出された少女は当然のように豪快《ごうかい》に泣いておりました。流れる涙。水びたしの服と顔。いやあどこからどこまで涙なのかさっぱりですね。

「ひどいです……どうして私ばっかりこんな目に……」

春先のちょっと冷たい水に全身で浸《つ》かった彼女のお体はほんの少し震えておりました。ああ大変。まずは暖かくして差し上げましょう。などと思った直後に彼女の肩に上着がかけられました。

男性三名から。

「お、おい大丈夫か？」「怪我《けが》はないか？」「災難だったな……」

おろおろしながら少女を心配する男性三名。

……。

私が悪者みたいになってる……。

「お、俺たちちょっと用事思い出したからもう行くわ」「なんかごめんな……」「その上着やるから。風邪《かぜ》ひくなよ」

やけに親切になってる……。

男性三名はそれからそそくさと馬車に乗り込み風のように立ち去ってしまいました。

「えっ、え？　置いてかないでください！」

……。

私がろくでもない人間みたいになってる……。

「ふ、二人っきりにしないでえええええええっ！」

少女はそれから助けを求めるように手を伸ばしながら追いかけました。しかし馬車はそんな彼女から逃げるように草花踏み締め走り去り、結局彼女は平原の真ん中にぽつんと取り残されることとなりました。

……。

「あのう」

と後ろから声をかける私。

「ぴいいいいいいっ！」

怯《おび》えながら振り向く彼女。「な、ななな何ですかあああっ？　私に何するつもりですかああ……」

その様子はまるで獣《けもの》に睨まれた小動物の如《ごと》し。ちょっと小突《こづ》いただけでも気絶してしまいそうな弱々しさに満ちていました。極力彼女を刺激しないように慎重《しんちょう》に言葉を選びましょう。まずは自己紹介からですね。

「あなたのお名前は？」

「わ、私の名前を知ってどうするんですかあ……？」青ざめる彼女。「墓石《ぼせき》に名前を刻《きざ》むつもりですか……？」

「私そんな危険な人間に見えてるんですか」

「だ、だって初対面でいきなり魔法撃ってきますし……」

「それはちょっと手が滑《すべ》っただけですし……」

ごめんなさいってば……と謝りつつ宥《なだ》める私。

彼女が心を開いてくれるまでそれから少々の時間を要しました。

彼女はやがて、依然としておどおどとした様子を浮かべながらも、口を開いてくれました。

「……わ、私の名前はフロレンスといいます」

なるほどフロレンスさんというんですね。

「いい名前ですね」

「……ひょ、ひょっとして口説いています？」

「すみません今のは私もちょっと失言《しつげん》だったと思いました」

気の利いた言葉を投げかけようとした結果かえって警戒心を増してしまったようです。

「この辺りの人なんですか？」

「わ、私の住所を知ってどうするつもりなんですか……？」

「送っていくつもりですけど……？」

「そ、そそ、そうやって油断させておいて私のことを攫《さら》うつもりですか……！」

「私そんなろくでもない人間に見えます？」

あまりの警戒心の高さに少々呆《あき》れながらも、灰の魔女、イレイナと名乗ったのち、自らの身分——自身は旅人であることと、行き先は特に決めていないこと——を伝え、もしも近隣住民ならば、向かうついでに送って行きたいと話しました。

川に突き落としてしまったせめてもの償《つぐな》いのつもりです。

一通り説明をしたところで彼女はようやく納得してくれました。

「てっきり裏があるのかと思いました……」

ほっと胸を撫《な》で下ろすフロレンスさん。

「で、どうします？　乗りますか？　私は別にどっちでもいいですけど」

私はほうきを取り出しつつ尋ねます。

私の言動は要約するなら「拒むなら置いていっちゃいますよー」という意味でもあり、結果彼女は慌てて私の方へと歩み寄りました。

「の、乗ります乗ります！　乗せてください！」

こうして私たちは二人、ほうきに乗って空をふわりと飛びました。

予想通り、どうやら彼女は魔法使いの存在自体が珍《めずら》しいような地域で暮らしているようでした。

「わ、わあ……！」

ほうきの上、抱きつくように私のお腹に手を回している彼女の表情から、緊張と警戒心が解けていきます。代わりに浮かび上がるのは驚きと感動。眼下を流れる草花を見つめて、彼女はほのかに笑いました。

「魔法ってすごいんですね……！」

「ふふふ、そうでしょうとも」

したり顔を浮かべる私。この辺りで彼女の緊張もほぐれ、自身の身の上についても語ってくれるようになりました。

曰《いわ》く彼女はこの辺りの小さな町で暮らしているそうです。

先ほどの男性三人組はつい先日、町にやってきた商人たち。町中で困っている様子だったので「どうかしたのですか?」と声をかけたところ、人手が足りずに困っていると彼らは語り、それならばと彼女はお手伝いを名乗り出たのだそうです。

けれどおそらくはすべて彼らの策略《さくりゃく》だったのでしょう。町を離れたところで馬車を降ろされ、襲われかけた――。

ほうきの後ろに乗り、そして平原の中を進みながら彼女はそのように語ってくれました。

「危ないところでしたね」

「魔女さん――イレイナさんが来てなかったら大変なことになってました」

「まあ代わりに別の意味で大変な目に遭わせてしまいましたけれども」

「男の人に襲われるよりはましです」

襲われるだけならまだしも連れ去られてしまう可能性もあったわけですし、と彼女は肩を震わせます。

私であればそもそもフロレンスさんと同じような場面に遭遇《そうぐう》しても男性たちに声をかけるようなことはなかったと思いますけれども。

「普段から周りの人のお手伝いをしてあげてるんですか」

尋ねる私。

見ず知らずの商人たちに声をかけ、あまつさえ一緒に馬車に乗り込んでお手伝いをするなど、お人好《ひとよ》し以外の何者でもないでしょう。

予想通り彼女は頷《うなず》きました。

「そうですね……私から提案することもありますし、人から頼まれることもあります」

「人にいい顔ばかり見せていると利用されてしまいますよ」

「…………」

一瞬《いっしゅん》の沈黙《ちんもく》。

その後で、フロレンスさんは呟《つぶや》きます。

「……私、料理も平凡《へいぼん》ですし、お裁縫《さいほう》やお掃除《そうじ》も、お勉強も最低限しかできないし、特にこれといった才能もないし――誰でもできることしかできないんです」

だからせめて他人《たにん》を手伝おう、ということでしょうか。

おっしゃりたいことは分かります。

「周りの人はさぞ喜ぶでしょうね」

「はい。優しいねって、よく言われます」

たぶん、私にはその優しさしかいいところがないんだと思います――彼女は呟いたのちに、俯《うつむ》きます。

私たち二人を乗せた影が、草花の上を走っていました。

「私にも、魔法みたいに特別な才能が一つでもあればよかったのに……」

そうすれば、もっと都会のほうで暮らすこともできたかもしれないのに――消え入るような声が、私の耳に届きました。

「ご自身の故郷《こきょう》は嫌いなんですか？」

「嫌いではないですよ。ただ、私の故郷、何もありませんから」

フロレンスさんは自嘲《じちょう》気味に、笑っていました。

「…………」

私と同じで、何もない――彼女の顔色は、そんなふうに語っているようにも見えました。

慰《なぐさ》めて差し上げたほうがいいでしょうか。

けれどそうして気の利いた言葉を頭の中で探しているうちに、私たちは彼女の故郷の小さな町へと辿り着いてしまいました。

●

「運んでくださりありがとうございました――」

ほうきを降りたフロレンスは、旅の魔女にお辞儀《じぎ》しました。イレイナと名乗る灰の髪の魔女は「どういたしまして」と軽く手を振りつつ、「じゃ、私は国の観光でもしますね」と門の向こう、町の中へと歩き出してしまいます。

背中を眺《なが》めながらフロレンスは、ただただ羨《うらや》ましいと感じました。

きっと幼い頃から努力して魔法を十分に扱《あつか》えるようになったのでしょう。磨《みが》き上げられた才能は自信に満ちた背中に表れていました。

いいなぁ、私も魔法が使える人間だったらよかったのに。

一人になり、フロレンスは見慣れた町を歩きます。自然とため息が漏《も》れてしまうのは、自身と正反対の人間を目の当たりにしたからでしょうか。

幼い頃から、彼女には何の才能もありませんでした。

勉強も運動も昔からさほど得意ではありませんでした。いつも成績は真ん中くらい。多くの生徒が間違えるようなところで同じように間違えて、減点されて、返ってくる答案用紙は可もなく不可もなく。突き抜けて尖《とが》ったところがなく、先生からの評価は昔から「大人しくていい生徒です」だけ。よく言えば手がかからず、悪く言えばつまらない生徒。けれど誰にも指摘されることはありません。誰も彼女にそこまで興味がないから。

いつも彼女は輪の隅《すみ》っこのほうで笑っている子でした。べつに疎外《そがい》されているわけでもなく、友達も多少はいました。けれど今になって思えばただ一緒にいただけで友達ではなかったのでしょう。卒業と同時に誰とも会わなくなりました。

今は町にある小さなレストランで働いています。けれどこの仕事も結局は誰でもできることを当たり前にこなしているだけ。小さな町の隅っこで、相変わらずいてもいなくても変わらない存在のまま、ただ生きているだけ。

だから彼女はいつも願っていました。

「私も特別な力があればいいのにな……」

誰かの目に留まるには、きっと特別な力がなければならないのでしょう。

学校の中でいつも輪の中心にいた子は誰もが特別な才能を持っていました。お話をするのが上手《じょうず》だったり、運動が得意だったり、勉強が得意だったり、顔が特別整っていたり、絵が上手《うま》かったり、人をまとめるのが得意だったり。

そして特別な力を持った仲間たちは、誰もが卒業と同時に町から出て行ってしまいました。眩《まぶ》しい才能を持った若者にとって田舎の小さな町は狭《せま》すぎたのかもしれません。

「私も都会に行きたいな……」

町に取り残されたフロレンスは、呟きながら家に帰りました。

特別な才能を持った誰かになりたいといつも願っていました。

けれど彼女は自身に何の才能もないことだけは理解していました。

勉強をしても、絵を描いてみても、運動をしてみても、お化粧《けしょう》をしてみても、人並み以上になることはありませんでした。

何かを願う度、努力をする度に、自分には何もないことを痛感《つうかん》し、自身がやったところでもっと上手にできる人がいるからと、次第に彼女は特別な才能を求めるのをやめました。

「あ」

ぴたりと立ち止まるフロレンス。視線の先には庭の手入れをしている老婆《ろうば》の姿がありました。近隣住民、顔見知り。老婆は汗を拭《ぬぐ》いながら黙々《もくもく》と作業をしていましたが、その表情はどことなく辛《つら》そうに見えました。

（そういえば少し前に腰《こし》を痛めたって話してたなぁ……）

きっと無理をしながらもお庭の手入れをしているのでしょう。フロレンスは老婆のもとへと駆け寄り、「手伝いますよ」と声をかけました。

「あらフロレンスちゃん！　いいのかい？　悪いねえ」

老婆の嬉《うれ》しそうな顔がこちらを向きました。

当然です、休んでいてください。声をかけながらフロレンスは残りの作業を代わってあげました。

いつものことです。

特別な才能のない自身にできることは、誰にでもできることを少しでも多くこなすこと以外にありません。

人の目に留まる方法はこれしかないと思ったのです。

だから彼女はいつも人のことばかり見ていました。

困っている人のもとにはすぐに駆けつけました。

例えば近くの家の屋根が壊れたとき。

フロレンスは家主のお爺《じい》さんの代わりに屋根に登りました。

「いやあ悪いねえフロレンスちゃん。最近雨漏《あまも》りがひどくてね……」

「いえいえ、大丈夫です……！　頑張《がんば》ります……！」

屋根の修理は初めてではありませんでした。慣れた手つきで彼女は作業して、壊れた屋根を元通りにしました。

いつだって周りの人を見ていました。

「あ、きみ、待って。服に穴が開いてるよ」

フロレンスが呼び止めたのは近所に住んでいる小さな男の子。派手に遊んだのでしょう。膝《ひざ》の辺りに穴が開いていました。

「縫《ぬ》ってあげる」

いつも持ち歩いているポーチから裁縫道具を取り出し、その場で手際よく縫ってあげました。

「わっ。ありがと！」

男の子は嬉しそうに笑い、走り去ってしまいます。

いつか小さな町から広い世界へと旅立つ日を夢見て、彼女はいつも、誰にでもできることを、少しだけ多くこなしました。

ある朝、フロレンスは町の広場で露店《ろてん》を営んでいる青果店《せいかてん》への荷物の搬入を手伝いました。いつから手伝うようになったのかは定かではありません。何となく手伝うようになって、いつの間にか、それが習慣になっていたのです。

「ね、フロレンス。あんたさ、このあと暇《ひま》？」

搬入作業中に彼女の肩に手を置く女性が一人いました。

「あ、エルナちゃん」大量の木箱を抱えながら歩くフロレンスは嬉しそうな顔を彼女に向けます。

エルナ。

同じ学校に通っていた同級生。学生時代は特に関わりはありませんでしたが、卒業後、町のあちこちで人の手伝いをするようになってから時々顔を合わせるようになった知り合いです。

狭い町の中で暮らしているフロレンスとは違い、商人として国から国を渡り歩いている彼女は、憧《あこが》れの存在でもありました。

「今は露店を手伝ってるところだけど、もうすぐ暇になるよ」

笑顔を向けるフロレンス。エルナは「そ」と頷き、

「じゃ、次はあたしの手伝いしてくれる？　人手が足りなくてさ」

「う、うん！　いいよ」

頼まれればフロレンスは断ることはありませんでした。

「ありがと。やっぱあんた優しいわね」

エルナは笑い、それから二人で積み荷を下ろしました。

率先《そっせん》して他者を手伝い、頼まれれば必ず頷くフロレンスに対して、人々は一様に感謝しました。

庭の手入れを手伝ってあげたあと、老婆は言いました。

「本当にフロレンスちゃんは優しいねえ」

屋根を修理してあげたあと、お爺さんは言いました。

「優しいねえ」

穴の開いた服を直してあげたあと、荷物の搬入を手伝ったあと——町の人々はいつだって彼女に同じような言葉を投げかけるのです。

「優しい」

きっと特別な才能を持っていない自身には、優しさだけが唯一《ゆいいつ》の取り柄《とりえ》なのだろうと、感じていました。

「…………」

そんな日々の中。仕事が終わり、いつものように家に帰ったあとのこと。

フロレンスの玄関先に荷物が置かれていました。一体何でしょう？　頼んだ覚えのない荷物に首をかしげながら、フロレンスは包みを開けました。

中にあったのは一枚の手紙。

それから大量の衣類でした。

『この服もお願いできますか？　息子がとても喜んでいて、ぜひあなたに縫ってほしいそうです』

服を縫ってあげた男の子の親からの便りでした。

他人から頼られることは、彼女にとって嬉しいことです。

ある日、老婆がフロレンスの家の扉を叩《たた》きました。

「フロレンスちゃん！　昨日は庭の手入れありがとねぇ。……昨日のフロレンスちゃんの話を隣《となり》の奥さんにしたら、是非《ぜひ》うちもやってもらいたいんだって。お願いできるかしら？」

他人から頼られることは嬉しいことです。

ある日、見知らぬ露店の店主がフロレンスの家の扉を叩きました。

「あんた、広場の露店の手伝いをしてるんだって？　うちの手伝いもできんかのう。最近、体力が落ちてねえ……」

嬉しいことです。

そのはずです。

多くの人が彼女を頼る度に、彼女は曖昧《あいまい》に笑いながら頷きました。

このままずっと頑張り続ければ、いつかきっと、誰かの目に留まって、小さな町から外へと出られる。

誰かが広い世界へと連れて行ってくれる。

そう信じて、ただ彼女はずっと笑っていました。

だから人から頼られ続けても、大変でも、辛くはない。耐え続ければ、きっと明るい未来が待っている。

自身に言い聞かせながら、彼女は毎日を過ごしました。

「――ねえ、フロレンス」

いつものようにレストランで仕事をしていたときのことでした。

ぽん、とフロレンスの肩を、先輩《せんぱい》ウェイトレスがぶっきらぼうに叩きました。「来週の仕事、よかったら代わってくれない？　私ちょっと用事があるのよ」

家庭を持ってると色々大変なの。先輩はあからさまに疲《つか》れた様子で語ります。

フロレンスは困惑しました。

「えっ……と……」

先輩が困っているなら助けてあげたい。力になりたい。心の底ではそのように思っていました。

けれど彼女を助けるのはこれが初めてではないのです。

「先輩、先週も私が代わって……仕事、しました……よね？」

――人にいい顔ばかり見せていると利用されてしまいますよ。

旅人が語った言葉が、頭を掠《かす》めていました。

だから勇気を振り絞って、彼女は先輩をじっと見つめました。

「はあ？」

けれどそこにあったのは露骨《ろこつ》に眉根《まゆね》を寄せた不機嫌《ふきげん》そうな顔でした。「私は用事があるって言ったわよね？　忙しいの。あなたは何かしなければならないことがあるの？　別に何もないでしょ？」

あなたごときが私に歯向かうの？　まくしたてるように先輩は語ります。

「う……」

言い返す勇気はありませんでした。

結局フロレンスはいつものように、

「わ、分かりました……」

と消え入るような声で俯くだけ。

人を手伝い、手を貸し続けた先に、明るい未来が待っているものと思っていました。

けれど目の前にあるのは、都合のいい彼女を利用しようとする人ばかり。

明るく笑う彼女に「優しいね」と付け入る人ばかり。このままでいいはずがないのに、けれどどうすればいいのかも分からないまま、彼女はもやもやとした気持ちを抱え続けました。

ひょっとしたらそんな彼女の表情は、とても暗く、絶望に満ちているように見えたかもしれません。

「大丈夫ですか？」

ぼんやりと仕事をしている最中のことでした。

首をかしげながらこちらを覗《のぞ》き込む女性が一人、いました。

灰色の髪に、瑠璃色の瞳。黒のローブと三角帽子を身に纏った旅人。

「あ、イレイナさん……」

数日前にこの町に来る道中で出会った旅人でした。

「どうも」会釈《えしやく》を返しながら、イレイナは再び、

「大丈夫ですか？　元気がないようですけれど」

と尋ねました。どうやらフロレンスが働くレストランにたまたま足を運んでいたようです。声をかけられるまでまったく気がつきませんでした。

疲れているのでしょうか。

「い、いいえ。大丈夫です。ちょっと考え事をしていて……」

首を振り、自身に言い聞かせるようにフロレンスは答えていました。

「そうですか」

ふむ、と頷きながらイレイナは言います。「お仕事のしすぎでお疲れなのかと思いました。屋根の修理とか、庭の手入れとか。色々やってるみたいですし」

「！　え、い、イレイナさん……見ていたんですか？」

「この町、あなたが思っている以上に小さいんですよ」

驚くフロレンスに、イレイナは「手先が器用ですね」と簡単に感想を述べ、フロレンスはいえいえと首を振りながら「誰でもできることをやってるだけです」と答えました。

旅の魔女であるイレイナにとっては道中で一度出会っただけの顔見知り。フロレンスとの間で特別な会話がそれ以上交わされることはありませんでした。

それに、きっと先ほどのやり取りも見られていたことでしょう。

怒られたばかりで落ち込んでいるところを他人に見られたくはありませんでした。

「すみません、私、そろそろ仕事に戻りますね」

だからフロレンスは早々に会話を切り上げました。

「ええ」

頷きながらイレイナは手を振ります。

「あまり無理をしないでくださいね」

そして投げかけられた言葉に、フロレンスは笑みを返すのでした。

いつものように、曖昧に。

○

「…………」

以上。

すべて一ヶ月前に、よその町で起こった出来事です。

結局、彼女と最後に直接会ったのはレストランが最後。それ以降は町でも見かけませんでしたし、私も旅に戻ってしまいましたから、彼女がどうなったのかは分かりません。

ただ何となく、私は今、フロレンスさんのことを思い出していました。

石畳《いしだたみ》でできたとてもとてもゆるい坂道の両脇に、レンガ造りの住宅が軒《のき》を並べて建っています。

活気はほどほど。通り過ぎるレストランや喫茶店《きっさてん》からは甘い香りやお肉の香りが絶えず漏れて、こちらへどうぞと誘います。ほどほどに都会のこの国は、一ヶ月前に滞在《たいざい》していた町とは縁もゆかりもない土地で、当然ながらフロレンスさんとは何ら関係がありません。

しかしながら、いつも俯いて人の頼みに頷いてしまっていた彼女のことが——他人にいいように利用されてしまっていた彼女のことが、頭をよぎるのです。

「おい！　聞いたか？　例の盗人《ぬすっと》、捕まったらしいぞ」

「ようやくこの国にも平和が戻るな……」

通りで人々が話し合う声が聞こえました。

ふむふむと聞き耳を立てる私。

どうやらつい先日までこの国ではそれはそれは危険な盗人が猛威《もうい》をふるっていたようです。一体どのようなことをした人物なのでしょう？

「あのう、すみません——」

好奇心が私を駆り立てました。街の人々に私は尋ねます。

盗人って何です？

「ああ、あんた旅人なのか」

じゃあ知らなくても無理ないな——と街の人たちは教えてくれました。

それはおおよそ二週間ほど前のことになると言います。

突然、どこからともなく現れた盗人が、この国のありとあらゆるお店や民家から金品を奪い始めたのだそうです。

「そいつは金品、宝石が全部自分のものだと思ってるらしい。『盗んだもの、全部返してください』なんて言いながら色々な店や家を訪れたらしい」

まるで自身が被害者かのような物言い。奇妙《きみょう》な様子の盗人の噂《うわさ》は瞬く間に街中で広まりました。

街の人々も保安官たちも盗人の逮捕のために躍起《やっき》になりました。目撃情報をかき集め、宝石店や富豪《ふごう》の家に張り込みをし、ありとあらゆる手を使って逮捕のために力を注ぎました。

そうした日々の努力が功《こう》を奏《そう》したのか、今より数日前。

ようやく犯人が捕まったのだそうです。

「しかし捕まった盗人の顔を見て驚いたよ。うちの店の常連《じょうれん》の女の子だったんだ」

街の人のひとりが言いました。

「私もびっくりしたわ。この前、荷物を運ぶのを手伝ってもらった子だったんだもの」「まさか盗みを働いている人だったなんて……」「俺なんて屋根の修理手伝ってもらったぜ」

人々は言いました。

人は見かけにはよらないということなのでしょうか。

盗人が捕まり、街に平和が訪れたというのに、街の人々の間では未《いま》だに盗人の噂で持ちきり。

街の人々は、口々に囁《ささや》き合います。

「優しい子だと思っていたのに――」

囁き合います。

「何でも頼れるいい子だったのに――」

など と。

「………」

人々の話に耳を傾けながらも、私はどういうわけか、フロレンスさんのことが頭から離れませんでした。

何でも頼れる優しい子。何だかちょうど一ヶ月前に同じような感じのいい子を田舎の町で見かけた気がするのです。

「その盗人ってどんな人なんです?」

いやいやまさか、フロレンスさんなわけがないですよね? と自身に言い聞かせながら、私は人々に尋ねておりました。

誰かが答えます。

「どこでも見かけるような見た目をしてるよ。髪は淡い黄色、癖のないセミロング。瞳の色は焦げ茶だったかな」

ふむふむ。

まあどこでも見かけるような見た目ですね。フロレンスさんとは限りません。

「さっき話した通りとてもいい子でな、困ってる人を見かけるとすぐに助けに来るんだ。こっちから頼み事をしても絶対に引き受けてくれる。いい子だよ」

なるほど。

まあそのようないい人もべつにフロレンスさんでなくともあり得る話です。彼女とは限りません。

「ちなみにお名前は何というんですか？」

私は尋ねます。

住民たちは声を揃えて答えました。

「――フロレンス」

などと。

「なるほどぉ……」

私はふむふむと再び頷いたのちに分かりやすく頭を抱えることとなりました。

ぜったい彼女じゃないですか……。

○

「ふえええええええええええええっ……」

牢屋《ろうや》の中で少女は当然のように豪快に泣いておりました。若くして狭い鉄格子《てつごうし》の中に詰《つ》め込まれたことが辛いのか、はたまた一ヶ月前にちょこちょこ顔を合わせていた魔女の面会に喜んでいるのかどちらかはさっぱりですが、ともかく元気そうでなにより。

「ううっ……、こんなところで懐《なつ》かしいお顔に会えるだなんて……」

後者のほうでしたか。

ともあれ私は、「お久《ひさ》しぶりです」と会釈しつつ座りました。

この国では犯罪者と面会する際、牢屋の前で直接を話をさせてくれるそうです。監守《かんしゅ》さんが持ってきた椅子《いす》に座る私。床にぺたんと座り込んでこちらを見上げるフロレンスさん。傍目《はため》に見れば彼女が私に許しを乞《こ》うているように見えなくもないですね。

「でも、よく中に通してもらえましたね……」

涙目のままフロレンスさんは首をかしげます。

現在、大罪人《たいざいにん》である彼女の周りは厳戒態勢《げんかいたいせい》が敷《し》かれており、基本的に面会も許可されてはいないそうです。

しかし私はこうして彼女の目の前までできております。

「保安官さんたちに手を焼かせているそうですね」

街の人々からフロレンスさんの名前を聞きつけた直後のこと。

私はすぐさま街にある保安局へと赴《おもむ》きました。

つい数日前にようやく捕まえることができた犯罪者のフロレンス。しかしながら保安官さんたちの表情は浮かないものでした。

こっそり聞き耳を立てる私。

保安官さんたちはため息ながらにお話ししておりました。

「例のあの女、宝石の場所は吐いたのか？」

「それが全然……何を話しかけても『私は悪くないです』の一点張《いってんば》りなんだよ」

「いやぁ困ったな……」

「誰か俺らの代わりに尋問《じんもん》してくれねえかなぁ……。俺、あの子くらいの年齢の娘がいるから、尋問する度に胸が痛いんだよ……」

やれやれと天を仰《あお》ぐ保安官さんたち。

「お困りのようですね」

そんな彼らのもとにしたり顔の魔女がひょいと現れました。

「うわぁ何だきみ」

「どこから入ってきたんだ？」

「まあ細かいことはどうでもいいじゃありませんか」

保安局の中で当然のようにくつろぎつつ私は言いました。「ところであなた方、尋問のスペシャリストというものが世の中には存在しているのですけど、ご存じですか？」

「何言ってんだこの子」「すげえ変な子だな……」

「それは一体誰でしょう？　そう、私です」

「何言ってんだこの子」「うちの娘ってまともに育ったんだなぁ……」

それから白い目を向けられつつも私は保安官さんとかくかくしかじか交渉をいたしました。交渉といっても二、三ほど会話をしただけですけど。

「実は私、フロレンスさんの知り合いなんですけど、面会のついでに宝石の所在を聞いてきてあげましょうか？」

「マジ？　いいの？」「さっきは変な子って言ってごめんね」

「ちなみに成功したら報酬《ほうしゅう》は頂きますけど」

「金とんのかよ」「変な子じゃなくてがめつい子だったか……」

以上。

このような会話の末、私は内部への侵入を果たしたのです。魔女ともあれば保安官との交渉などもちょちょいのちょいですね。

そしてここまできた経緯《けいい》をお話しした結果、フロレンスさんは分かりやすいほどに牢屋の中で後退《あとずさ》りしました。

「……っ！　ということはイレイナさんも、私の敵……？」

毛布にふぁさぁっ、とくるまりながら、彼女は、「ううう……人生真っ暗……もう何も信じられない……」と震えました。

「安心してください。表向きはそういう理由、というだけですよ」

手招きしながら笑いかける私。「私はべつにあなたが犯罪者などとは思っていません。大方、誰かに騙されてこんな目に遭っているのでしょう？」

自身には何の取り柄もないからと人を助けて回るお人好し。悪人に目をつけられて利用される可哀想《かわいそう》な子。

彼女のそのような人柄は、傍目に見ただけでも十分に理解できました。

自発的に罪を犯す人間とは対極といってもいいでしょう。

「う……し、信じていいんですか……?」

彼女はひょっこりと毛布から顔を出します。

「もちろんです」と私が頷くと、彼女はしばし迷った末に、毛布をかぶったままのそのそと私の元へと戻ってきてくれました。芋虫《いもむし》ですか？

「わざわざ助けに来てくれるなんて……優しいんですね、イレイナさん」

「あなたほどではないですけどね」

私は肩をすくめて答えます。

実のところ。

一ヶ月前に彼女と会ったとき、ほんの少しだけ心残りがあったのです。

もう少し気にかけるべきだったのではないかと。

もう少しだけ話を聞いてみるべきだったのではないかと。

無理をしないでくださいね——と語りかける私に対して、曖昧に笑って見せた彼女が本当は困っているのか、そうでないのかよく分からなかったので何もしませんでしたけれども。

「何があったんですか？　困っているなら話を聞きますよ」

本当は一ヶ月前に、私はきっとこう語りかけるべきだったのでしょう。

「…………」

私の目の前。彼女は依然として毛布にくるまりながら、私を見上げます。

瞳は潤《うる》み、今にも涙がこぼれ落ちそうでした。

やがて彼女は、言葉を漏らします。

「とても、とても……酷《ひど》い裏切りに遭ったんです……」

酷い裏切りですか。ほうほう。

「くわしく」

身を乗り出す私。

「最初から最後まで、教えてくれますか」

そして私は耳を傾け。

彼女はそれから、涙ながらに一ヶ月前から今に至るまでのお話を聞かせてくれました。


一ヶ月前のこと。

私が旅に戻った後もフロレンスさんは相変わらずの日々を過ごしておりました。

「フロレンスちゃん、ちょっと手伝ってくれるかい」と声をかけられればすぐさま手伝い、「いやぁ困ったなぁ」と眉根を寄せている者がいれば吸い寄せられるように近づいてゆく。

つまるところ概《おおむ》ね私が見てきた通り、彼女はいつも通りに人助けをして生きていました。

そんなある日のこと。

ちょうど今から三週間ほど前のことだったでしょうか。

「ちくしょう……！　やられたわ！」

フロレンスさんが働いているレストランにて、空になったビールのジョッキをテーブルに叩きつけている女の子の姿がありました。

歳はフロレンスよりも少し上。

お知り合い。

「エルナちゃん……」

フロレンスさんは彼女に声をかけていました。

騒がしい客へ注意を促《うなが》すことは従業員として当然の務《つと》めではありますけれど、それ以上にフロレンスさんは彼女を心配していました。

既にビールも三杯目。

酔《よ》いが回ったエルナさんは顔を赤くしながら頭をふらふらと揺らしていました。

「何かあったの……？　だ、大丈夫……？」

エルナさんが酒に溺《おぼ》れる様子を見るのはこれが初めてのことだったそうです。商人として普段からしっかりしている彼女が荒れるほどによくない何かがあったということなのでしょう。

お人好しの彼女としては聞かざるを得ませんでした。

「はあ……、べつに。あんたには関係ないわよ」

ぶっきらぼうに答える彼女。

フロレンスさんはエルナさんの様子に胸を痛めました。きっと何かがあったに違いない。私が助けにならないと――そんなふうに感じたそうです。

「ね、エルナちゃん……！　何があったの？　私にできることはない？」

ぐいっ、と迫るフロレンスさん。

エルナさんは「何でもないってば」「別にいいって」と何度か拒みましたが、結局それから折れて、ため息混じりに自らの事情を明かしました。

「……盗まれたのよ」

商人として働く彼女は馬車で国から国を渡りながらさまざまな商品を売買することで生計《せいけい》を立てています。「最近、新しく宝石や貴金属の商売にも手を出したんだけど……、悪い連中に目を付けられてね、馬車が襲われたのよ」

幸いにもエルナさんや馬の命が脅《おびや》かされることはありませんでしたが、積み荷はすべて奪われ、空っぽになってしまったそうです。

「せっかく高い金払って買ったっていうのに……、おかげであたしの財布《さいふ》の中身、全部吹っ飛んじゃったわよ。今日のビール代だってままならないくらいにね」

やってらんないわよ、と彼女はため息をつきました。

「エルナちゃん……」

自暴自棄《じぼうじき》になる彼女に何と声をかけるべきなのか、フロレンスさんは悩みました。それからただ心配そうに見つめることしかできない彼女の前で、エルナさんは言うのです。

「……絶対に許せない。あたしの荷物を奪ったこと、連中には後悔させせないと気が済まないわ」

どん、と再びビールがテーブルに叩きつけられます。「取り返してやる……！　あたしから盗んだもの、ぜんぶ取り返してやる……！」

その手は怒りに満ちており、そしてその目は決意に溢《あふ》れておりました。

やがてエルナさんはフロレンスさんの手をとり、言うのです。

「――ねえ、フロレンス。あんたさ、あたしと一緒に盗まれた荷物を取り返してくれない？」

困っている人からの要望。

もしもフロレンスさんが手を貸さなければどうなってしまうことでしょう？　お酒に溺れ、けれど払うお金がなく、ひょっとしたら借金を抱えることになってしまうかもしれません。

お人好しの彼女の頭の中はすっかりエルナさんを助けたいという思いでいっぱいになりました。

それに、エルナさんについていくということは、狭い町の外へと出ることができる、ということでもあります。

またとない機会。

だから真っ直ぐに彼女を見つめながら、フロレンスさんは返します。

「うん……任せて！　私、できる限り協力する！　一緒に悪い人から取り返そう！」

「！　フロレンス……！」

エルナさんの表情は明かりが灯《とも》ったように明るくなります。

そして彼女はフロレンスさんに強く強く抱きつきました。

「ありがとう……！　ありがとう！　あんたはあたしの親友だわ！」

このときエルナさんの手をとらなければ、牢屋に入れられることもなかったのに――フロレンスさんはため息をつきながら、私に話してくれました。

それからほどなくしてエルナさんはフロレンスさんを連れてこの国を訪れます。

田舎町で暮らしていたフロレンスさんにとっては大都会。初めて見る街並みに彼女は感動したそうです。

「この国に盗賊《とうぞく》が潜んでいるの」

隣を歩くエルナさんは言いました。

商人仲間の伝手《つて》を辿って調べた結果、エルナさんを襲った盗賊はすべてこの国に潜伏しており、厄介《やっかい》なことに見た目はごく普通の人間を装っているのだそうです。

「つまりこの国の路上を歩いてる人間の誰が盗賊でもおかしくないって話」淡々《たんたん》と説明するエルナさん。

「そ、そうなんだ……」

怖いね、と呟くフロレンスさん。

「ま、悪い人間ほど普通の人間の振りをするもんなのよ」

「でも、こんな広い国の中からどうやって盗賊さんを探すの……？」

「その辺については心配ご無用。仲間に調べてもらったわ」

エルナさんはポケットから地図を取り出します。

どうやら彼女の商人仲間は有能揃いなのでしょう。既に盗賊が街のどの家に潜伏しているのか、調べ尽くしていたのです。

地図に記された印は街の至るところに点在していました。

「連中はかなり頭のキレる集団でね、街の中では他人同士を装っているの。だから居住地もばらばら。それからリーダー格の人間はなんとこの国で宝石商を営んでいるのよ」

つまり商人であるエルナさんから盗んだ物を商品として売り捌《さば》き、お金を儲《もう》け、そして在庫が少なくなれば仲間内で集まって再び商人を襲う――そうして生計を立てているのでしょう。

「ひどい……！」

計画的で、組織的。

知恵と行動力を別のものに活《い》かせばもっといい暮らしができたかもしれないのに――フロレンスさんは怒りと悲しみで震えました。

「あたしたちでこいつらに報復《ほうふく》をしてやるわよ」

フロレンスさんの肩を叩きながら、エルナさんは囁きました。「あたしたちがここで止めないと、また次の商人、そしてさらに次の商人――もしかしたらそのうち民間人まで襲うようになるかもしれないわ」

だからあたしたちで止めるの。

エルナさんの言葉に、フロレンスさんは決意と共に頷いていました。

いいことをしよう。正しいことをしよう。

誰かの目に留まるために。

取り柄のない自分にも、何かできることがあるはず――彼女は思いながら、エルナさんと共に街を行きました。

そして今から二週間前より現在に至るまでに、彼女は悪い盗賊たちの拠点《きょてん》を次々と強襲《きょうしゅう》していきました。

まず最初は一見するとただの民家。

「えっと……」

彼女はこっそりと忍び込んで、宝石を奪い返しました。

夜中、寝静まった時間帯に行動すれば騒ぎになることはほとんどありませんでした。

「……え、うそ。マジで誰にもバレずに宝石を回収できたの？」

取り返した宝石類を手渡すと、エルナさんは目を丸くして驚いていました。「あんた凄《すご》いわね……！　ひょっとして、商人の助手として才能があるんじゃない？」

「そ、そうかな……」

才能がある。

自身には何もないから、人助けをしている――自身でそう語っていた彼女にとって、エルナさんの言葉は何よりも嬉しいものだったことでしょう。

だから彼女は宝石を奪い返すことに躍起になりました。

「か、勘弁《かんべん》してくれ……！　それは妻のために結婚記念日に買ったものなんだ……！」

何件か伺《うかが》った頃にたまたま家主が起きていたこともありました。

「嘘《うそ》！　その宝石は盗んだものだって聞きましたよ！」

そんなときは銃《じゅう》をつきつけました。エルナさんから「盗賊たちが反抗《はんこう》してきたらこれを見せれば大丈夫よ」と手渡してくれたものです。

撃たずとも見せるだけで盗賊たちは怯《ひる》んでくれました。

「貴様が例の泥棒だな……！」

それからさらに何件か回った頃にフロレンスさんの噂がお金持ち――もとい悪い盗賊たちの間で広まったのか、屈強《くっきょう》な用心棒《ようじんぼう》が待ち伏せをするようになりました。

「に、逃げなきゃ……！」

フロレンスさんはその度に危機感を覚えましたが、お友達のために宝石を取り戻すという正義感が彼女の背中《せなか》を押したようです。

取り返した宝石はすべてエルナさんに渡しました。

「ありがとね、フロレンス！　さすがはあたしの助手ね」

そしてエルナさんに感謝されてから、自身が泊まる宿へと戻る。

それが彼女の日常。

彼女はいつも必死でした。

役に立たなければ、人の目に留まらなければ、また何もない田舎での退屈《たいくつ》な暮らしが待っているからです。

「――だ、大丈夫ですか？　よければお助けしましょうか？」

悪い盗賊たちからエルナさんの宝石を奪い返す最中にも、彼女は故郷の町でそうしていたように、自発的に人助けをして回っていたそうです。

荷物を抱えている人がいれば一緒に持ち、服がほつれていたり、汚れていたりすれば直してあげる。泣いている子どもには寄り添い、頭を抱えて悩んでいる人には手を差し伸べる。

故郷の町に比べて人が多いこの国では絶えず誰かが困っており、彼女が活躍する場も多くあったのです。

世界を知らなかった彼女にとって、この国で見たものはすべて新鮮《しんせん》で色づいて見えました。

「この前の怪我の具合はいかがですか？」「直した屋根の調子はどうですか？」

毎日のように町を歩き回っていた彼女は、道を覚えて、人の顔を覚えて、人々に語りかけていました。

昼間は人々に手を貸すため、夜は盗賊から宝石を奪い返すため、エルナさんから渡された地図を何度も確認して、街の形を把握《はあく》しました。

人の役に立ちたい。彼女はそんなふうに思いながら日々を過ごしました。

悪い盗賊たちから宝石を奪い返すことも、国の人々の助けになると信じていました。

そして彼女はひたむきに頑張って、エルナさんが指定した場所すべてから宝石を奪い返すことに、成功したのです。

「ありがとう、フロレンス！」

喜び、彼女に抱きついてくるエルナさん。

微笑《ほほえ》み返しながら、フロレンスさんの胸は充実感で満ちていました。

「わ、私……、エルナちゃんの役に、立てたかな……？」

「当然じゃない！　あんたのおかげで全部上手くいったわ！　ありがと。あんたはあたしの親友だわ！」

特別な才能を持っているわけではなく、大きなことを成し遂げたこともない――そう自身で語る彼女にとっては人を喜ばせることが生きがいのようなもの。

エルナさんの役に立てたことが、何よりも嬉しく、誇りに感じていました。

けれど、その直後のこと。

今より数日前のことでした。

「貴様が例の盗賊だな？　逮捕する！」

フロレンスさんが泊まっていた宿に大勢の保安官が駆けつけ、彼女を捕まえたそうです。容疑《ようぎ》は窃盗《せっとう》。罪もない人々から宝石を奪った彼女は大罪人として牢屋へと送られました。

一体なぜでしょう？　奪われたものを奪い返しただけなのに。

宝石を奪ったうえに、一つも手元に持っていない彼女は連日にわたって取り調べを受けました。どこに隠したのか。なぜやったのか。何度も何度も聞かれました。

彼女は友人のエルナさんが困っていたから、助けるために盗まれた宝石類を回収したのだとすべて明かしました。

けれど保安官たちは誰も信じてくれませんでした。

「――貴様が言う商人の女に会ったが、宝石を持っていないどころか、貴様のことなど知らないと言っているぞ」

「……え」

頭が真っ白になりました。

そうして取り調べを受け続ける日々のなか、エルナさんが保安官たちに連れられてやってきました。彼女は今まで見たこともないような冷たい顔をしながら、

「あたし、この子とは別に友達でも何でもないです」

とはっきり証言したのだそうです。「――確かに生まれ故郷は同じですけど、一緒に仕事したこともないですし、あたしは商人。この子はただのレストランの従業員。接点とかもないはずですけど？」

商人としてこの国で売買をしていた実績のあるエルナさんの言葉を、保安官たちは全面的に信頼しました。

結局、フロレンスさんの言葉はすべて、都会で商売をしているエルナさんに憧れを抱いた田舎娘の妄言《もうげん》として片づけられ、罰《ばっ》せられることがその場で決まりました。

一体どうしてこのようなことになってしまったのでしょうか。

言葉を失うフロレンスさん。

呆然《ぼうぜん》とする彼女に対して、エルナさんは取り調べ室から出る直前、誰にも聞こえないように囁いたのです。

「言ったでしょ？　悪い人間ほど普通の人間の振りをするものだって」

そのときになって彼女はようやく気づいたのです。

ただ騙されていたことに。

ただ利用されていたことに。

○

「私……結局ずっと昔から変わらず何もできないままなんです」

長い話を終えたのち。

疲れ果てたようにフロレンスさんは私に呟いていました。

彼女が幼少期から暮らしていたのは田舎の小さな町。

魔法を使える者はろくにおらず、有望な人もおらず、周りに残されているのはだらけながら生活を送りたいと思っている怠け者ばかり。庭の手入れも、屋根を直すことも、挙《あ》げ句《く》の果てには自身に割り振られた仕事すらこなせない人ばかり。

特別な才能を持った人間から順番に町を離れてゆくからこそ、町は廃《すた》れる一方。

「私も町を出て働いてみたかったんです。人の助けになれるような人間になりたかったんです」

けれど先ほど自身で口にした通り、未だ彼女は何も成し遂げてはおらず、今も牢屋で捕まっています。

「私にはやっぱり、優しさしか取り柄がないみたいです」

ため息をつきながら、彼女は諦《あきら》めた様子で語るのです。

何をおっしゃっているのやら。

「他者より優《すぐ》れている人間でなければ優しい人間にはなれません」

「あはは……、すみません、そうですよね……」

フロレンスさんは俯きます。「私みたいなのが、優しさだけが取り柄なんて言ったらおかしいですよね……。騙されてばっかりなのに」

「……………」

勘違いさせてしまったようです。

訂正しましょう。

「他者の悩みや問題に目を向けることができるのはそれだけ余裕があるからです。他者の悩みを解決できるのはそれだけ能力が優れている証《あか》しです。知性が備わっていなければ優しさは成り立たず、つまり優しい人間というのは優れている人間でなければ成り立たないということです」

優しさしか取り柄がない、とは言いましたけれども。

私から見ればそれだけでも十分に優秀な人間に思えます。

「で、でも……」

もじもじとしながら彼女はそれから何かを言おうとしましたが、私としてはもう長話をするのも面倒《めんどう》でしたので、彼女の言葉を遮《さえぎ》りつつ、言いました。

「それで、優しいだけのフロレンスさんはこれからどうしたいんですか？　牢屋の中で泣き続けますか？　それともここから出たいですか？」

「え、そ、それは……出たいですけど……」

出られるんですか……？　と彼女は目を白黒させながら私に尋ねます。

「出たいのであれば出られますよ」

「でも……どうやって？」

「あなたが無実であることを私がこの国の保安官たちに説明します」

「説明するだけで何とかなるなら私もこんなふうにはなっていないと思うんですけど……」

ごもっともなことを言いますね。

「あなたの証言に保安官たちが耳を貸さなかったのは、あなたが盗人であるという先入観が彼らにあったからでしょう。客観的な視点から私が説明すれば彼らも分かってくれますよ」

「そんなに上手くいきますかね……？」

「いきますとも。私にお任せください」

むふんと胸を張る私。

幸いにも私は魔女であり、そして牢屋に来る前に彼らと話しています。

「犯罪者の言葉には耳を貸さずとも、権威ある魔女の言葉になら彼らは耳を傾けてくれるはずです」

「そういうものなんですか……？」

「そういうものですとも」

しかしこれまで周りの人間にあまりにも恵まれていなかったことの反動なのか、ここに至っても彼女が私に向ける視線は若干の懐疑《かいぎ》を帯びている気がしました。

「でも、どうして助けてくれるんですか……？」

どうしてと言われましても。

そんなの決まってるじゃないですか。

「私が優しい人間だからです」

とっても賢くて他人の悩みもちょちょいのちょいと解決できる魔女は誰でしょう？

私です。

……などと冗談言いつつ、したり顔を浮かべてみせました。

「…………」

結果更《さら》に目を細めて眉間《みけん》に皺《しわ》を寄せるフロレンスさんでした。

白《しら》けてる……。

「とりあえず、保安官さんを呼びますね」

こほんと咳払《せきばら》いしつつ、私は牢屋の傍らに置いてあったベルを鳴らします。面会を終了する合図です。

ほどなくして音を聞きつけた保安官さんたちが、私たちのもとへと歩いて来ました。何だか犬みたいと思いながらぼんやり眺めていると、私たちの前で彼らはぴたりと止まり、

「どうかね、魔女殿。成果のほどは」

と尋ねます。これまた餌《えさ》を待ってる犬のよう。

「ええ。とってもいい成果が出ましたよ」

私はにこりと笑みを浮かべながら語って差し上げました。

「彼女は無実です」

端的《たんてき》に私が語った言葉に保安官たちは目を見開きました。「何を言っているんだ」と言いたげなご様子。

ですから私は、彼らの余計な先入観を解きほぐすために、彼女がいかに素晴《すば》らしい人間であるのかを語って差し上げるのです。

「いいですか？　皆さん。フロレンスさんはとても思いやりがあっていい人なんです。故郷の町では困っている人たちを助けるために何でもやっていたんですよ」

そんな素晴らしい人が果たして犯罪などするでしょうか？

いえいえ、そんなことはありませんよね？　ね？

「ふむ。つまり犯行の動機は故郷の仲間の生活費を稼《かせ》ぐため、か……」「倫理観がイカれてやがるな」

………。

いやそういう話をしたいわけじゃないんですけど。

私は言葉を重ねました。

「それからフロレンスさんはとても手先が器用でして、町の人々のほつれた服を縫ってあげて回っていたんですよ」

「なるほど。家への侵入がやけにスムーズだったのは元々手先が器用だったからか……」「才能を悪い方向に使うとは……許せんな」

…………。

なんか予想と違う反応ですね。

「それから一日中働き続けても疲れない方でして、この国に滞在し始めてからは朝から晩まで丸一日、人助けをして回ることもあったみたいですよ」

「そうして住民を籠絡《ろうらく》していた、ということか」「だからなかなか捕まらなかったのか……姑息《こそく》な盗人だな」

…………。

いやだから違……。

「とにかく彼女は才能溢れる方でして」

「盗みの才能もあったということだな？」「そういうことだな？」

…………。

私は無言でフロレンスさんのほうを振り返りました。

「イレイナさん……？」

なんか全然上手くいってなさそうなんですけど……？　と彼女の視線が私を捉《とら》えます。

私の予定ではここで言葉巧《たく》みに保安官さんたちを説得したのち、彼女を檻から出して差し上げる手筈《てはず》だったのですけれど。

どうやら保安官さんたちに植え付けられた余計な先入観はそこそこ深い部分にまで浸透《しんとう》している

ようです。何を言っても彼らはフロレンスさんと凶悪犯を結びつけてしまいます。

「なんか面倒臭くなってきましたね……」

「イレイナさん？」

私は杖をひょいと取り出しました。

「フロレンスさん。ちょっと鉄格子から離れてもらえますか」

「イレイナさん？　あの、何を――」

「えい」

彼女の言葉を遮るように、私は杖を振るいました。

直後です。

すぱぁん！　と音を立てて鉄格子が切れました。

転がる鉄の棒は、フロレンスさんの足元にぶつかり止まります。

視線を上げれば目を見開いた彼女の姿。

「な、なにやってるんですかあああああああああああああっ！」

絶叫《ぜっきょう》しておりました。

「これで牢屋から出られますね！」

私は精いっぱいの笑顔を彼女に向けつつ言いました。

「いや出られるとかそういう問題じゃ――」

「でも牢屋から出るにしても建物内を通るわけにはいきませんよね。保安官さんたちが他にもたくさんいるわけですし」ちらりと振り返る私。

唖然《あぜん》とした表情の保安官さんたちが「な、何やってるんだ貴様！」と慌てておりました。

私は言いました。

「脱獄《だつごく》するなら派手なほうがいいですよね」

「イレイナさん？」

「ついでに壁も壊しちゃいましょうか」

「イレイナさん？？？？？？？？？」

「大丈夫。心配しないでくださいフロレンスさん」彼女に笑いかけつつ私は杖を壁に向けます。「一つやっても二つやっても犯罪者であることに変わりはありませんから……」

「いやあなた私の無実を証明してくれるんじゃなかったんですか……？」

「えい」

都合の悪い言葉を無視する私でした。

ばこん、と魔力を打ち込み、レンガ造りの壁が砕《くだ》けます。

「イレイナさあああああああああああああああああああああん！」

何やってるんですかあああ！

などと再び絶叫する彼女。

「さあフロレンスさん、行きますよ！」

もはや私はこの時点で大概ヤケクソだったので満面《まんめん》の笑みを浮かべつつ彼女の手をとるのでした。

もちろん彼女は泣きました。

「いやあああああああああああああああああああああっ！」

そして当然のように保安官さんたちも叫びました。

「だ、脱獄だあああああああああああああああああっ！」

何はともあれ、こうして私は彼女を牢屋から連れ出すことに成功したのです。

ほうきに乗りつつ私はいかにも満足げに頷きます。

「まあ概ね想定通りですね！」

保安官さんたちがわらわらと建物から出てきて、私たちを追いかけてきていること以外は予想通りの展開と言えましょう。

「いや全然想定通りになってないじゃないですか！」

「なんのことやら」

都合の悪い言葉をまたも無視する私でした。

○

「な、何てことしてくれたんですか！　何てことしてくれたんですか！」

「まあまあ」

後ろであわあわとしながら私の肩を叩くフロレンスさんをなだめながら、私はほうきを操《あやつ》り街中を駆け回ります。

街の景色が流れるように去ってゆくなかで、私は彼女に語りかけるのです。

「あんな状態では信じてもらうのは不可能でしたし、こうするほうが手っ取り早いんですよ」

「結局私が悪い人間だっていう証拠を見せただけじゃないですかあああああっ！」

叫ぶ彼女をよそに私は路地を折れて、狭い道を突き進みます。

私がフロレンスさんを連れ出したのには理由があるのです。

「あなたのお友達を捕まえて、保安官たちに突き出しましょう。そうすれば問題は解決できるはずですよ」

名前は確かエルナさん、だったと思いますけれども。

「あなたが無実であることを彼女に証言させるんです」

「で、でも、どうやって、ですか……？　私はエルナちゃんがどこにいるのかなんてまったく分からないですし……」

「その辺りは少し考えがありますので大丈夫です。ともかく、彼女に会って、自白をさせましょう」

先ほどの会話から分かる通りもはや保安官さんたちはいかなる弁解をしたとしても疑いの目を向けるばかり。言葉だけの説得など今や無意味です。

「あなたが本当は善良で優秀な人間であるということを、行動で示してみせるんです」

「え、えええ……！　そ、そんなの私には無理――」

「だったらここでまた捕まるだけですけど、いいですか？」

ほうきを操りながら私は背後に目を向けます。

私にしがみついて「ひええ……！」と悲鳴を漏らしているフロレンスさん。

その後ろにほうきに乗った魔法使いの保安官が数名。

「いたぞ！　あそこだ！」

私たちを追い詰めるように彼ら、彼女らは迫ります。私はほうきの速度を早めて路地から上空へと抜けました。

街中の建物たちより更に上へ、青い空へと手を伸ばすように、私たちを乗せたほうきは飛び出します。

途端《とたん》に狭まっていた視界は開けて広くなり、見下ろせば街の景観《けいかん》が一望できました。敷き詰められた屋根たちの間に細い線のような石畳の路地が見えます。

私が普段歩いていた道は空から見下ろせば指先よりも細くて頼りなく見えるのです。

「…………」

空から国一つをその目で見下ろすのは彼女にとって初めてのことではないでしょうか。

息を呑《の》む気配は私の後ろから。

感じるものがあったのかもしれません。思うことがあったのかもしれません。

だから私は語って差し上げるのです。

「この国の人たちに、あなたの本当の姿を見せてみたいと思いませんか」

視線を傾ければ、じっと街の様子を見つめる彼女の姿。

それと、ほうきに乗った保安官たちがこちらに迫ってくるのが見えました。時間に猶予《ゆうよ》はなく、ここで与えられた選択肢は二つだけ。

大人しく投降して牢屋に戻るか。

それとも自身の無実を証明してみせるか。

「あなたはどうしたいですか？」

決めていいですよ、と私は彼女の脇腹《わきばら》を小突《こづ》きます。

田舎から憧れの都会にようやく来ることができた彼女は。

街の広さを初めて直に見た彼女は、どう思うのでしょうか。

「私……」

答えは聞くまでもありませんでした。

「まだ、ここにいたい、です」

そして彼女は私のローブに強くしがみつきます。絶対に保安官さんたちに捕まりたくないという意志の表れにも見えました。

故郷の町ではできる人間から離れていったそうですけれども。

「じゃあ証明しないといけませんね」

フロレンスさんが本当の意味で優しいいい人間であることを。

そして私はほうきを操り、空の中を滑《すべ》るように落ちていきました。

「でも、イレイナさん。どうして私にここまでしてくれるんですか？」

「そんなの決まってるじゃないですか。盗まれた宝石を取り返して、謝礼《しゃれい》をたんまりと頂くためですよ」

「ろくでもない人ですね……」

「ええ。でも本当に助かりました。あなたが投降すると答えていたら罪を全部あなたになすりつけて逃げるつもりでしたから。あなたのお友達みたいに」

「本当にろくでもない人ですね……」

呟きながらも彼女は肩を揺らして、笑いました。

故郷の町で人々に「優しい」と褒《ほ》められていた時よりも楽しそうに、笑いました。

○

自身がどのような才能を持っているのかは分からないものです。

私も本に憧れ、杖を握ることがなければ、彼女と同じように何の取り柄もない娘ですと自嘲していたのかもしれません。

「イレイナさん、次の曲がり角を左です！」

「はいはい」

ほうきを操りながら、私はフロレンスさんに頷きます。

陽射《ひざ》し降り注ぐ大通りから飛び込んだ先は仄暗《ほのぐら》い裏通り。見通し悪く、小道の先は右に左に枝分かれ。まるで出口の見えない迷宮のよう。

けれど私はさほど焦《あせ》ってはいませんでした。

「この道を少し進んだら右に行ってください。それから左に折れて、しばらく直進すれば、街の南通りまで出られると思います」

「はいはい」

頷きながらもフロレンスさんの誘導を辿るようにほうきを操りました。

ほどなくすると、彼女の言葉の通り、裏通りの先に光が差し込みます。さらに進んで飛び出してみれば街の南通りが私たちの前に広がります。

まるで予言のよう。

「流石《さすが》ですね」

私はフロレンスさんに視線を傾けながら、笑います。

彼女もまた、他者に誇れる才能を一つ持っていたのです。

「これを」

先ほどの話。

街を見下ろしながら、私はフロレンスさんに地図を手渡していました。「エルナさんが泊まっている宿まで私を案内してもらえますか？　保安官たちを避けつつ、彼女を捕まえましょう」

そして盗んだ宝石の在処《ありか》を吐いてもらえば一件落着。

単純明快《たんじゅんめいかい》な流れといえましょう。

というわけで地図を見ながら私に行き先を指示してもらいたかったのです。

「…………」

けれど彼女が地図を受け取ることはありませんでした。

ただ彼女はゆるりと首を振り、私に言いました。

「……いりません」

いらないですか。

「エルナさんを捕まえたくないんですか」

「そういうわけではないんですけど……」

遠慮《えんりょ》がちな様子で、彼女はそれから街を見下ろします。

綺麗《きれい》で、広くて、数え切れないほどの道が走る街並み。

彼女はそれを眺めながら言うのです。

「街の通りは大体覚えてますから、必要ないです」

初めは何かの冗談かと思いました。

けれどすぐに私は彼女が持っている才能を目の当たりにすることとなりました。空からゆっくり降下して、右に折れ、左に折れ、ありとあらゆる路地を抜けながら、私たちは二人揃って逃げました。

彼女の才能は本物でした。

強盗から宝石を奪い返すために何度も見た地図。人々との交流のために、困っている人に手を差し伸べるために何度も歩いた街並み。

彼女は目の前に広がる街並みをすべて頭の中に記憶していたのでしょう。

彼女には人や物を見る才能が、自然と備わっていたのです。

「に、逃がすな！　捕まえろ！」

ほうきに乗った保安官たちが私たちの後ろにつきます。杖を構え、狙いを定め、こちら目がけて魔法を打ち込んできたのはその直後。

「おっと」

私はほうきを右に逸《そ》らして避けました。

私たちを素通りして、魔力の塊《かたまり》は通りの向こうに聳《そび》える建物の壁に激突しました。

けたたましい音とともに、レンガが崩れ、削ぎ落とされて、街の通りへと降り注ぎます。

「危ないですね……」

逃げ惑う住民の真上を素通りしながら私は杖を振るいます。

瓦礫《がれき》の大半を細かく砕いておきました。

きっとこの街の魔法使いたちは魔法があまりお上手ではないのでしょう。

「ぱぱっと終わらせたほうがよさそうですね」

逃亡劇《とうぼうげき》が長引けば長引くほど街の被害が拡大しそうな雰囲気があります。私としても無関係の住民たちにまで巻き添えを食らわせるのは本望《ほんもう》ではありません。

ここはひとつ、ぱぱっとエルナさんを捕まえて早急に終わらせたほうがよろしいでしょう。

「エルナさんが滞在している宿屋はどこですか?」

というわけで尋ねる私。

フロレンスさんは頷きました。

「さっき通り過ぎました」

「そうですかそうですか」

通り過ぎましたか。なるほどなるほど――。

「………………」

ほうきを止める私でした。「何でそういうこと先に言ってくれないんですか?」

頭の中で場所を覚える才能があると褒め称《たた》えていた私がおバカみたいじゃないですか。ちょっと。

「あ、す、すみません……! 言おうと思ったんですけど……、イレイナさんのほうき、想像よりもかなり速かったので……」

「それでも私から尋ねる前に言ってほしかったですね……」二度手間ではないですか。「どのあたりですか? 今から戻りましょう」

「あ、いえ。でも、戻っても意味ないと思います……」

「なぜです?」

「窓から見えたんですけど、既に彼女のお部屋、もぬけの殻《から》でした」

「もぬけの殻」

「騒ぎを聞きつけて逃げてしまったみたいです」

「逃げてしまった」

「たぶん今頃、宝石を馬車に乗せて国の外へと向かってる最中だと思います……」

「………」

気まずい感じに沈黙《ちんもく》する私たち。

耳に届くのは「いたぞ！」「捕まえろ！」と必死に叫ぶ保安官たちの声。こちらに迫っているようです。

私は指揮者の如く杖を振りながら魔力をあちこちに打ち込み牽制《けんせい》。街の路上が次々と破壊されていきました。

「状況を整理しましょう」

「はい」

頷くフロレンスさんに私は言います。

「つまりこういうことですか？　諸悪《しょあく》の根源《こんげん》であるエルナさんの居場所は分からなくなり、ほどなくして国から出ていき、その後永久に姿をくらますかもしれない、と」

「そうなると思います」

「なるほどなるほど」

「イレイナさん、何か策とかありますか……？」

「ふふふ……」

「イレイナさん……？」

「捕まったら二人で獄中生活《ごくちゅう》をしましょうね……」

「わあ……なさそう……」

私はどうやら姑息な商人とやらを甘く見ていたようです。

雲行きが怪《あや》しくなれば即時撤退《そくじてったい》。引《ひ》き際《ぎわ》をよく弁《わきま》えておられるようですね。

私は再びほうきを走らせながら唸《うな》りました。

「困りましたね……、門の前で待ち構えようにも、きっと保安官たちが私たちを囲い込むために包囲していることでしょうし」

仮に門の前でエルナさんを捕まえることができたとしても、自白を引き出す前に保安官たちによって私たちが捕らえられることとなるでしょう。

何なら自白を引き出せたとて私とフロレンスさんが脅したことにされかねません。

いやあ、面倒なことになりましたね……。

ほうきを走らせ、時折「えいや」と保安官たちに向けて魔法を放ちながら、私は考えました。何か妙案《みょうあん》が降りてきたりなどしないものでしょうか。

「あの」

後ろからフロレンスさんがちょんと私の肩を突いたのはそのときでした。

何ですか？　と振り向く私。

街の中で風を切るほうきの後ろ。伏し目がちな様子で、彼女は囁きます。

「私、ちょっと考えがあるんですけど——」


自身がどのような才能を持っているのかは分からないものです。

そして才能を一度開花させたとき、自身のことをより深く理解したときに、人は少しだけ見えるものが広がるのです。

他者より少しだけ多くのことができるようになるのです。

「——次はそっちに撃ってください！」

街の道を覚え、行き先を案内するだけが彼女の才能ではありません。

彼女が指差す先を私は氷で埋め尽くしました。

路地はふさがれ、私たちを追っていた保安官たちの行き先を遮ります。ほうきに乗った保安官たちがその上から現れれば、私が魔法で直々に「えいや」と叩き落としました。

それから少し逃げれば再び別の路地から保安官たちが現れます。

「イレイナさん。右の路地に保安官たちを誘導してから、行き先を塞《ふさ》いでください。そうすれば彼らはここまで戻ってこられなくなります」

「はいはい」

頷きながら言われた通りに氷の柱を立てる私。

本来、フロレンスさんはとても賢く、強く、何でもできる人なのでしょう。

足りないものがあったとするなら、それは自身に対する正当な評価のみ。

ほうきで道を走らせる私に、彼女は矢継《やつ》ぎ早《ばや》に言いました。

「イレイナさん。そこの路地から魔法使いが出てきます。迎撃してください」

「イレイナさん。広場で私服の保安官たちが待ち構えています。注意してください」

「イレイナさん。私たちの後ろを追っている魔法使いは炎を出す魔法を得意としているようです。水を浴びせちゃいましょう」

恐ろしいほどの視野の広さでした。

彼女は次から次へと私に指示を下します。その度に、保安官たちはまるで糸で吊《つ》るされた操り人形のように彼女の手の中で動き回るのです。

彼女の指示通りに杖を振るえば、その度に私たちの道が開けていきました。

「……凄いですね」

単純に感嘆《かんたん》してしまうほどに、目の前のすべてが彼女の手の中にありました。

誰に対しても手を差し伸べることができるのは、彼女が既に多くのことを一人で成し遂げることができるから。

困っている人間を街の中から見つけ出すことができるのは、彼女が既に多くのものを目で捉えることができているから。

彼女が持ち合わせていたのは、物事を広く見据《みす》えることができる目のよさ。

派手さには少々欠けるかもしれませんが、しかしながらこれも素晴らしい才能の一つと言えるでしょう。

ほどなくして、私たちを追いかける保安官たちの姿は見えなくなりました。

街の裏路地へとほうきを滑り込ませたのちに、私たちは一息つきました。

「なかなかやるじゃないですか」

ほうきを降りながら、私はフロレンスさんを見やります。彼女のアシストがなければ未だに追いかけ回されていたかもしれませんから。

「い、イレイナさんのおかげです……」

照れた様子で彼女はもじもじとしました。「私、イレイナさんに街の上空まで連れて行ってもらったときに、気づいたんです。街の路地一つひとつが全部私の頭の中にあることに」

「そうですか」

ほうきで逃げる最中に街の上空まで上ったのはほんの偶然《ぐうぜん》のことではありましたけれども。

結果として彼女は、自身に眠っていた才能をも見えるようになったのでしょう。

私のおかげかどうかはさておき、この窮地《きゅうち》を抜け出すことができたのは彼女の力あってのことでしょう。

「ひとまず何とかなりそうですね」

ここまでは彼女が先ほど私に話してくれた計画の通り。

街のすべてを俯瞰《ふかん》しているとしか思えない彼女の指示通りに保安官たちを次々と分断し、私たちは身を潜めることができました。

あとはエルナさんを捕まえることができれば終わりです。

「パパっとエルナさんを捕まえて終わりにしましょう」

だから私は軽く伸びをしながら彼女に語りかけ。

「はいっ！　がんばりましょうっ」

彼女もまた、にこやかに笑いました。

路地の向こうに魔法使いが現れたのはそのときのことでした。

「ああっ！　こんなところにいた！」

完全に撒《ま》ききったと思っていたのですけれども。

私たちを指差しながら、女性保安官がほうきに乗ったままこちらに迫ります。

おやおや。

「まあ、魔法でちょちょいと倒しちゃいますか」

私は再び杖を出しました。

「させないわよ！」

背後から声。

と共に、魔力の塊が私の手元に直撃。

ぱちん、と弾けて、私の手から杖が吹っ飛びます。

「あっ」

どうやら気付かぬうちに私たちは挟み撃ちに遭っていたようです。

保安官たちを退けるための生命線ともいえる杖が、からん、と路地に転がります。

「…………」私は黙ったままフロレンスさんを見つめます。

「…………」フロレンスさんは気まずそうに目を逸らしました。

一応聞いておきましょう。

「この展開もエルナさんを捕まえるための計画の内だったりします？」

「えっと……」

それから彼女は諦めたようにため息を漏らしたのちに。

言いました。

「つ、捕まったら二人で獄中生活をしましょうね……！」

●

どうやらフロレンスという囚人が脱獄をしたらしい。

散策《さんさく》の最中のことだった。街の住民たちが囁き合っている噂を耳にしたエルナは、すぐさま宿に戻り、荷物をまとめた。

そういえばいつもよりも街が騒がしい気がする。

窓の外を見れば保安官たちが忙《せわ》しなく走り回っている。

「あの役立たずが脱獄とはね……」

にわかには信じ難いが、噂は真実らしい。

気の弱いフロレンスが単独で脱獄に踏み切るとは考え難い。きっと誰かの手引きがあったのだろう。一体牢屋を抜け出して何をするつもりなのだろうか。

考えたところで答えは出なかったし、エルナにとっては別に興味もないことだった。自分以外にもフロレンスを利用しようとする人間がいたということだろう、と疑問を頭の中で片付けた。

しかしフロレンスが牢屋から逃げ出したというのであれば、自身に接触を図ってくることは間違いない。

「……残念だけど、この街とはもうお別れね」

ため息をつきながら、エルナは宿を出て、近くに停めてあった馬車へと向かった。

積み荷にかけた鍵を開けて中を見る。二週間でフロレンスに盗ませた宝石の数々は確かに馬車の中で眠っている。

もはやこの国に長居するだけ無駄だろう。

エルナは馬車に乗り込み、走り出す。

馬鹿《ばか》な知人を騙して得た金を使って新しい仕事でも始めるとしよう――ぼんやりと頭の中で考えを巡らせながら、大通りを進んだ。

いつもよりも少し騒がしい街をしばらく進むと、保安官が両手を広げて立っているのが見えた。

「ちょっと、そこの馬車。止まってくれ」

「……どうかしたんですか?」馬車を止めながらエルナは首をかしげる。

「すまないが迂回《うかい》をしてもらえるか。この先の道が今、通れなくなっていてね」

通れない？

保安官の向こうに視線を向ける。大きめの瓦礫《がれき》が路上には転がっており、とてもではないが馬車を走らせられそうにない。

撤去作業を待つよりも道を折れたほうが早いとのことだった。

「仕方ないですねぇ……」

「すまないな」

エルナは大通りから道を曲がって再び馬車を走らせる。

どうやらフロレンスの逃走劇は派手に繰り広げられたらしい。

「囚人を追っている最中に露店に魔法が当たってしまってね」

道を折れた先でも保安官が立ち塞がった。道の向こう側を見てみればみかんが盛大に転がっており、住民たちがのんびりと拾い集めているのが見えた。

「はあ……」

再びエルナは迂回を強《し》いられた。

奇妙なことにそれからも行く先々で保安官が両手を広げて立ち塞がることとなった。

「魔法で石畳がえぐれてしまってね」「灰色の髪の女が魔法で道を塞いじまったんだ」「魔女が氷の柱を路地に立てたらしい。何の目的かは知らんがね」「文句なら灰色の髪の魔女に言ってくれ。あいつのせいで大通りは通行止めだらけさ」

エルナは迂回して、迂回して、それからさらに迂回した。

何度も何度も同じことの繰り返し。

いつまで経っても国の外へと出ることができず——宝石を持って逃げることが叶わず、彼女はやがて、立ち塞がる保安官に向けて怒りを向けた。

「ちょっと！　あたしさっきからずっと回り道させられてるんだけど！　とっとと国から出してくれない？」

長居を続ければフロレンスと遭遇するかもしれない。

それだけはどうしても避けたかった。

「いやぁ、そうですよねえ。何事も上手くいってくれれば文句はないのに。まったく困ってしまいますよね」

焦りで声を荒らげる彼女に反して、目の前の保安官は笑って答えるばかりだった。緊張感の欠けた様子が余計に苛立《いらだ》つ。エルナは「馬鹿にしてんの？」と保安官を睨んだ。

「いえいえ馬鹿にしてるなんてとんでもない」

くすりと笑みを浮かべながら保安官は語る。「ところで随分《ずいぶん》とお急ぎのようですけれども、一体どこに行かれるのです？」

「……別にどうだって良いでしょ」

「ちょっとお荷物を拝見させてもらえます？」

「はあ？　何でよ」

「いやぁ、だって、やけに急いでいて怪しいじゃないですか。何かやましい物でも積んでいるんですか？」

「……っ！」

まさしくやましい物を乗せている。

動揺を覆い隠すように、エルナは声を荒らげた。「や、やましい物なんて積んでないわよ！　あんたたちが何度も道を塞ぐせいで予定通りにいかないからイライラしてるだけ」

「予定外のことがかえっていい結果を生むこともありますよ？」

なだめるような口調で、保安官は続けた。

「例えば私たちは街の路上を塞いであなたを門の前で待ち構えるつもりだったのですけれども、道中で運よく親切な保安官さん二人から服を貸していただけまして、こうして馬車を止める役割を担うことができました」

「……は？」

何を言っている？

「予定外の出来事のおかげで予想よりも早めにあなたとお会いすることができた、ということです。そう考えると予定外の出来事というのも存外《ぞんがい》悪いものではないと思えませんか？」

「……あんた、一体――」

何者？

「ところでお荷物を拝見させてもらえます？」

困惑するエルナに保安官は繰り返し語りかける。「ご協力いただけないのならばこちらから強引に積み荷を開けることになりますけど、それでもかまいませんか？」

「は、はあ？　そんなの、いいわけがないじゃない！」一体何が起こっているのか分からない。エルナはただ反射的に声を荒らげるだけだった。「あんたそれでも保安官なの？」

「いや私、保安官じゃないですよ」

くすりと笑う保安官——の格好をした灰色の髪の女。

女はそれから馬車の後ろへと目を向けて、「どうですか？」と声をかけていた。釣られてエルナは振り返る。

「……え？」

呆然とした。

鍵をかけていたはずの積み荷が開いている。

中から「あ、ありました！」と聞き覚えのある声が響く。

「私が盗まされた宝石類、全部無事です！」

それからひょいとこちらに顔を覗かせたのは、保安官の制服を身に纏った一人の女——やはり見覚えのある顔。

フロレンスだった。

「あんた——」

騙された。嵌《は》められた。

ここに至るまでの道がすべて罠《わな》だったということなのだろう。気づいた時には既に手詰まり。あたりを見渡すと、保安官たちが宝石の入った馬車を指差しながら走ってくるのが見えた。

逃げ道はもう、ない。

「ちっ……」

悔しさを顔に滲ませながら舌打ちをするエルナ。

フロレンスは語りかけた。

「盗んだもの、全部返してください」

この街にいる悪い盗賊たちと対峙《たいじ》した時と同じように。

○

消えたはずの宝石をすべて持っていたエルナさんは程なくして捕まり、自身が起こした出来事をすべて自白しました。

誤解がとけたことでフロレンスさんは晴れて自由の身。とはいえ実行犯として家屋に侵入して盗みを働いたことに変わりはなく、多少の罰金《ばっきん》が科されることになったそうです。

私たちはそれから通行止めだらけになった路上の修復《しゅうふく》と、盗まれた宝石の返却のために、保安官たちと共に街中を行ったり来たりすることとなりました。

元々、路上を通行止めさせるというのはフロレンスさんの発案でした。

街を逃げ回っている最中のことです。

「私、ちょっと考えがあるんですけど――」

ほうきの後ろに乗っていた彼女は私に言いました。「街のあちこちを通行止めにして、エルナちゃんの行き先を誘導しましょう！」

それはまるで冗談のような提案に思えました。

けれど私が頷き、彼女のために杖を振ったとき、フロレンスさんはまるで街のすべてを見下ろしているかのように立て続けに指示を出し、保安官たちを次々と分断しながらもエルナさんの馬車が通るであろう道を次々封鎖《ふうさ》していきました。

「――ああっ！　こんなところにいた！」

まあ途中で想定外の事態が起こったりもしましたけれども。

「えい」

ぱちん、と杖を弾かれた直後。

私は懐からもう一本の杖を出し、こちらに近寄る魔法使い二人を迎撃しました。

「――えっ？」

二人は私の前後でそれぞれきょとんとしたお顔を浮かべていました。

私から杖をとりあげたことで勝利を確信していたのでしょう。油断していたお二人は私の魔法をもろに食らって、その場で倒れました。

「お、おおー……」

すごい、とぱちぱち手を叩くフロレンスさん。

いえいえそれほどでも。

私は叩き落とされた杖を拾い上げながら、彼女に語りかけます。

「杖は私の長所を生かすための道具ですよ？　予備を持っていないわけがないじゃないですか」

長所を生かすことができる環境を準備しておくのは当然のこと。私に至っては杖をとりあげられればできることが激減するのですから、対策くらい打ってありますとも。

「おおー……」

依然としてぱちぱちと拍手するフロレンスさん。

「ま、今後、ご自身の才能を生かすための参考にしてください」

などとしたり顔を浮かべる私。「しかし予想外の展開になってしまいましたね」

路上で倒れる魔法使い二人を見下ろす私。

身に纏う制服からしてこの国の保安官であることは間違いないでしょう。

「う、うう……」「くそぉ……」

悔しそうに彼女たちは私たちを見上げていました。

「どうします？　イレイナさん？　この場にいたら仲間を呼ばれちゃうかもしれませんし……一旦、もう一度逃げます？」心配性のフロレンスさん。

私は首を振りました。

「いえ、かえって好都合です」

そして杖を操り、私は女性保安官たちの両手を拘束しました。

「えっ?」「な、何するのよ!」

驚く二名。

「ふふふ……」

笑う私。

「イレイナさん?」そして困惑するフロレンスさん。

何してんですか? と言いたげでした。

僭越《せんえつ》ながらご説明しましょう。

「彼女たちから服を借りちゃいましょう」

そして保安官の振りをしながら私が馬車を止め、時間を稼いでいる間にフロレンスさんが宝石の所在を調べるのです。

いかがでしょう?

「な、なるほどぉ……」

私の完璧な作戦にフロレンスさんは若干の戸惑《とまど》いとともに頷いていました。

驚きすぎて反応に困っているんですね。分かります。

「というわけでお二人とも? 協力してくれますよね?」

じわりと歩み寄る私。

彼女たちの表情にあからさまな恐怖が浮かびました。

「な、仲間を呼ぶわよ！」「やめて！　近づかないで！」

「ふふふふふふ……」

じりじりと距離を詰めたのち。

「私たちのためにひと肌脱いでもらえます？」

そして私はお二人に手を伸ばしました。

「い、いやあああああああああああああああああああああっ！」

裏路地に保安官さん二名の悲鳴がこだましましたが、残念ながら助けがくることはありませんでした。

フロレンスさんが事前に分断してくれたおかげですね！

「私こんなことのために分断したわけじゃないんですけど……」

保安官さんから借りた（剝《は》ぎ取った）制服に袖《そで》を通しながらフロレンスさんは嘆息を漏らしました。

何はともあれそのような流れを経《へ》て、私はエルナさんを止めることができ。

ともかく、フロレンスさんと共に宝石を取り戻すことができたのです。

「——本当に、申し訳ありませんでしたっ！」

それからフロレンスさんは街中の家々を回り、直接宝石を返却しました。

戸惑う者や、呆れる者、もしくは安堵《あんど》のため息を漏らす者など、反応は多種多様。けれど保安官さんたちやご本人の説明のおかげか、怒り出す者は誰一人としていませんでした。

「あんた、うちの屋根を修理してくれた子だろ？　……宝石を盗んだ犯人だって話を聞いたとき、何かの間違いなんじゃないかって思ったよ」

とても優しそうな子に見えたから――宝石を盗まれた被害者の一人が言いました。

そうして日が暮れた頃には、街で起こった騒ぎも、宝石もすべて元通り。

辺りは静かな夜に包まれていきました。

「い、イレイナさんも、ありがとうございましたっ……！」

一仕事終えた疲労感で息をつく私に、フロレンスさんはぺこりと首を垂《こうべ》れ《た》ました。「イレイナさんのおかげで、私、この街でやりたいことがたくさん見つかりそうです……！」

丸一日飛び回り、その直後に街中で頭を下げて回って疲れているものと思いましたが、こちらを見つめる彼女の顔は活力に満ちているように見えました。

優しいだけ。

ほかには何もない。

今、私の目の前にいるのは、そんなふうに自身を評価していた彼女ではありません。

賢くて、強くて、だから他人に手を差し伸べることができる一人の少女が、そこには確かにいるのです。

「べつにあなたのためにやったわけではないですよ」

肩をすくめながら私は答えていました。

「それでも私は助けられましたから」

だからお礼は言わなきゃだめです。

夜の闇に包まれてもなお、眩しいくらいの笑顔で、彼女は言いました。

まあでも本当にフロレンスさんのためにやったわけじゃないんですけどね。

○

「ふふふふふ……」

フロレンスさんとの騒ぎが起きた翌日のことです。

私は再び保安局へと足を運んでおりました。

こんな場所に一体何の用があるのかとお思いのことでしょう。それでは先日ちょうどこの場で起きた出来事を振り返ってみましょう。

なかなか口を割らないフロレンスさんに手を焼く保安官たち。

「実は彼女の知り合いでーす」

と保安局に飛び込む私。

それから私は彼らに提案をいたしました。

「よければ宝石の所在を明らかにして差し上げましょうか？　もちろん成功したら報酬は頂きますけど」

などなど。

まあざっくりと要約するとこんな感じの出来事があったわけですけれども。

それからというもの、ご存じの通り私たちは宝石の所在を明らかにしてみせました。

ということは保安官さんたちの依頼は見事にこなしたということであり、つまるところ報酬を受け取る権利があるということに他なりません。

そうですよね？

というわけでにっこり笑いながら私は保安局の入り口を開きました。

「は？　報酬？　そんなもんあんたにあるわけねえだろ」

開いた直後に怒られました。

はてさて？

首をかしげる私に保安官さんたちは呆れながらも資料を手渡してきました。

「何ですかこれ」

そこに綴《つづ》られていたのは、魔法を用いての修復作業でもどうしようもなかった被害——路上にぶちまけられた果物、通行止めの被害に遭ったせいで仕事がままならなかった商人たち、その他諸々、私たちが逃げ回ったせいで起きた被害の数々がずらりと並んでおりました。

「被害額はあんたへの報酬を余裕で上回っているんだが」

「ええ……」

「むしろ金をとられないだけありがたいと思え」

「ええ……」

「あとあんた、うちの仲間の制服を盗んだろ」

「ちゃんと後で返しましたけど」

「制服を盗まれたうちの仲間から『なんか盗む時の目つきがいやらしかった気がする』と証言が出ているが」

「ええ……」

ちらりと後ろを振り返る保安官さん。

昨日私とフロレンスさんに制服を貸してくれた二人の保安官さんが物陰からじーっとこちらを見つめていました。

まるで犯罪者みたいな扱い……。

「報酬どころか訴状を渡したいぐらいなんだが」

「えええええ……」

愕然《がくぜん》とする私。

「ともかくあんたに払えるものは何もない！」ぴしゃりと断言《だんげん》する保安官さん。

結局、取り付く島もなく、期待した報酬はまるでもらえませんでした。

なんということでしょう。

保安局から出てきた私は、とてもとても落胆《らくたん》しておりました。

「まさかこんなことになるとは……」

少々暴れ過ぎたようですね。「せめて昼食代くらいは稼ぎたかったのですけれども……」

ぐるるる、と私のお腹が鳴り響きます。どうせ報酬をたんまり頂けるだろうと高をくっていたせいで財布は宿に置きっぱなし。一度取りに戻らねばなりません。

「面倒くさいですね……」

そして大きくため息をつきながら私は呟き。

そのとき肩を叩かれました。

「よければ奢《おご》りましょうか？　イレイナさん」

顔を向ければ、見知った方がおひとり。

フロレンスさんでした。

「この辺りにいいお店があるんですよ。よかったらどうですか？」

街の大多数の道を知っている彼女のご提案。ならば美味《おい》しいお店であることは疑いようもありません。

「いいんですか？」

「もちろんです」

ならばお言葉に甘えさせていただくこととしましょう。

私は頷きながら言いました。

「優しいですね」

そしてフロレンスさんは、笑みを浮かべながら答えるのです。

「それが私の取り柄ですから」

第四章

効果的に物を売る方法

「うーん……困ったわねぇ……」

とあるお店の野菜売り場の前。

女性が一人、困った様子で眉根《まゆね》を寄せていました。

一体何があったのでしょうか？

彼女は一人、呟《つぶや》きます。

「ニンニク、どうしよっかなぁ……。今日はペペロンチーノの気分だけど、明日はデートだし……。うーん……」

ペペロンチーノといえばニンニクをふんだんに使ったパスタ。

ひとたび食べれば翌日まで臭《にお》いが気になるのは明白。年頃の女性である彼女にとっては死活問題ともいえましょう。

けれど今日はニンニク気分。食べたいけれど食べられない。分かりやすいジレンマに陥《おちい》っておられるご様子。

どなたか彼女を助けられる素敵《すてき》なお方はいないものでしょうか？

「お困りのようですね」

しゅた、と突然現れるのは誰か。

そう、私です。

「え、どなた？」

「ニンニク料理が食べたいけれど食べられない……そういうこと、ありますよね」うんうん頷《うなず》く私。

「いや、あの……誰？」

「そんなあなたにはこれ！」

「無視？」

無視です。

首をかしげる女性の手にしゅぱっ！　とニンニクを置く私。普通のニンニクよりもちょっと小ぶりな代物。

彼女は首をかしげました。

「これは？」

「こちらは私が最近品種改良を施《ほどこ》した最新のニンニクです」

「最新の……ニンニクぅ……？」

訝《いぶか》しむ女性。

「ふふふ。まるでニンニクを食べたかのような顔をしていますね」

「普通に怪《あや》しんでるだけだけど」

「確かにいきなり品種改良したと言われても怪しんじゃいますよね。分かります」

「現時点ではニンニクよりもあなたのほうが怪しいけどね」

「それはそうとこのニンニクの凄《すご》さ、知りたくないですか？」

「無視？」

無視です。

私は彼女にぐぐい、と顔を寄せつつ、真面目な顔を浮かべます。

「こちらのニンニク……なんと通常のニンニクよりも臭いの成分を五割も削減することに成功した素晴《すば》らしい代物《しろもの》なのです！」

「ご、五割！」

突如《とつじょ》目を見開く彼女。

五割。つまり半分。

臭いが半減となればたとえ翌日がデートでもさほど気にもならないはずです。まさしく彼女のためのニンニクといっても過言《かごん》ではないのではないでしょうか。

私は彼女の耳元に口を寄せて、息を吹きかけるように語りかけます。

「どうです……？　欲しくはありませんか？」

それはまるで誘惑《ゆうわく》するかの如《ごと》し。

女性は戸惑《とまど》いがちに、上目遣《うわめづか》いで私に視線を送りました。

「で、でも……お高いんでしょう？」

その言葉を待っていました。

私は妖《あや》しい感じに囁《ささや》きました。

「ふふふ……今ならなんと、普通のニンニクの半額でご奉仕《ほうし》させていただきます」

「は、半額……？」

そう。半額です。私は頷きつつ、魔法の言葉を付け足します。

「ええ。あなただけに、特別ですよ……？」

「私だけに、特別……！」

こちらを向く彼女。

陥《お》ちましたね。

決意に満ちた様子で彼女は言いました。

「買うわ」

「毎度ありですー」

私はその場で料金を受け取りました。

商談成立。

私も彼女もたいへん満足な結果となりました。

「それはさておきニンニク臭いだけであなたのことを嫌いになるような男なんてやめたほうがいいですよ」

「急にどうしたの」

とあるお店の野菜売り場から去ったのち。

私はすぐさま近くの露店《ろてん》を訪れました。

実のところ、本日は暇潰《ひまつぶ》し程度に露店のお手伝いをしていたのです。

○

「売れましたよ」

儲《もう》けたお金の一部をはいどうぞと渡す私。

店主は驚いた様子で私を見上げました。

「嬢《じょう》ちゃん凄《すご》いなぁ。ただ小さいだけのニンニクをあっという間に売っちまうなんて。一体どんな魔法を使ったんだい？」

魔法だなんてとんでもない。

「ちょっと言い方を工夫しただけですよ」

例えばサイズが半分ならば臭いの成分も当然半分。

まさにモノは言いようですね。

第五章

備えがあれば

それはそれは昔のこと。

私が師匠《ししょう》から『星屑《ほしくず》の魔女《まじょ》』の名をもらったあと——つまり星屑の魔女、フランとして一人で旅をしていた頃の話です。

とある海辺で出会った男性が、自身の住む家を私に紹介してくれました。

とても変わった家だったのでよく覚えています。

「まあ……何なのです？　これは」

四方八方《しほうはっぽう》に伸《の》びた木々。

彼が住む家は、その中央。

水平に張り巡らされた蜘蛛《くも》の糸の上に捕まった獲物《えもの》のようにも見えました。

家の周囲に立っている木々から縄《なわ》が伸び、家の土台部分に結ばれていました。縄同士は補強のためか足場にするためか螺旋状《らせんじょう》にぐるぐると巻かれています。男性はその縄の上から梯子《はしご》を下ろしたのちに、降りてきました。

「こいつは俺が開発した家なんだ。あんた旅人なんだろ？　よかったら見ていってくれよ」

自身の素晴《すば》らしい家を他国や商人に紹介してほしいということでしょうか。

THE JOURNEY OF ELAINA

「なかなか芸術的な家ですねえ……」

芸術家さんか何かなのですか？　私は尋ねました。

途端《とたん》に変な顔をされました。

「は？　芸術的？　いやあ……そんなつもりでこの家を作ったわけじゃないんだけどな……」

「では何のためにこんな家を？」

私は首をかしげます。

すると男性はここぞとばかりに語るのです。

「魔女さん、いいかい？　十分な備えってもんが何よりも大事なんだ」

それから彼は梯子の上にある家へと私を案内してくれました。

どうやら彼がこの家を作った理由は、ありとあらゆる事故や災害から自身を守るためだったようです。

彼は私に言いました。

「家ってのは土台部分に虫食いが発生したりするもんだろ？」

だから家を宙に浮かせるという発想になったそうです。

「この辺りの地方は夜に獣《けもの》がうろつくことがあるんだ」

だから家を宙に浮かせるという発想になったそうです。

「ご覧の通り、うちの近所は海だ。津波《つなみ》が来ればひとたまりもねえ」

だから以下略。

「地震《じしん》がきたら揺《ゆ》れに耐えられないかもしれねえ。だが、木々の上にあれば、衝撃を吸収してくれる」

以下略。

「どうだい？　凄《すご》いだろ」

つまるところ、彼の考えでは、宙に浮いた家というのはありとあらゆる事故や災害を防ぐための最適な手段なのだと言います。

自身のあまりに素晴らしい発想、そして実際に作り上げた家に彼はとても誇らしげな様子でした。

私はそんな彼に対して嘆息《たんそく》を一つ漏《も》らしながら、答えたのです。

曰《いわ》く。

「極端《きょくたん》ですねえ……」

○

あるところに旅の魔女がおりました。

そう、私です。

私がその日、旅の途中で出会ったのは、とても奇妙《きみょう》な家に住む男性でした。

というよりそこは家と呼ぶにはあまりにもぼろぼろの場所ともいえました。

「何ですかこれ」

ぽけー、とした様子で私は彼が今しがた出てきた場所を眺《なが》めます。

それはまるで瓦礫《がれき》のようでした。

四方八方には、折れた木々。

その真ん中に、まるで上から何かに叩《たた》きつけられたように丸太が重ねられていました。廃墟《はいきょ》もしくはゴミ置き場といったほうがいいかもしれません。

「こいつは俺の家だ」

家だそうです。

失礼しました。

「なかなか……その、芸術的な家ですね……」

慎重《しんちょう》に言葉を選ぶ私。配慮《はいりょ》の塊《かたまり》すぎて惚《ほ》れ惚《ぼ》れとしてしまいますね……。

「芸術的？　そうかい？　俺は別にそんなつもりでこの家に住んでるわけじゃないんだけどな」

「では何のためにこんな家に？」

もっとまともな家に住んでみては？　と私は尋ねます。

事故や災害が起こったとき、こんな家では大変では？

すると男性はここぞとばかりに語ります。

「魔女さん、いいかい？　備えなんざ生きていくうえで何の役にも立たねえんだ」

それから彼は私に家を案内してくれました。

どうやら彼は考えあってこのような家に住んでいるようなのです。

「俺も昔は事故や災害から身を守るために完璧《かんぺき》な家を建てたんだがな、しかし事故や災害ってのはいつも予想外の方向から襲ってくるものなんだ」

「はあ」

「例えば木々の上に家を作るとするだろ？　ありとあらゆる事故や災害を防げる完璧な家だ」

「はあ」

「ところがこんな完璧な家も、ある日突然、ダメになってしまった。なぜだか分かるか？」

「自重《じじゅう》で折れたんじゃないですか」

見上げながら答える私。どこからどう見ても折れた木々の真ん中に家が結び付けられていたような気配しかありませんでした。多分重すぎて潰れてしまったのでしょう。

「…………」

黙《だま》る男性。

図星《ずぼし》っぽいですねこれ。

「まあともかく、備えをどれだけ用意しても、予想外な事態がいつでもつきまとうもんなんだ」

「いや家が折れるのは簡単に予想できる気がしますけど——」

「というわけで！」

無理やり私の言葉を遮《さえぎ》って、彼は言います。「俺はここで考えた。どれだけ備えても、不幸は突然訪れる。ならばどうすればいいのか？」

「はあ……」

「どうしたと思う？」

と言われましても。

「……どうしたんですか？」

聞いてほしそうだったので私は尋ねて差し上げました。

すると彼は「ふふふ……分からないか」と得意げな表情を浮かべつつ、私に答えるのです。

「備えても無駄だから自然な状態で生きることにしたのさ！　つまり自然との共生さ！」

これこそが最適解《さいてきかい》だ！　と彼は断言しました。

どうせ無駄になるなら何もしないのが一番ということなのでしょうか
自身のあまりに素晴らしい発想、そして実際に実現している現状に、彼はとても誇らしげな様子でした。

私はそんな彼に対して嘆息を一つ漏らしながら、答えたのです。

曰く。

「極端ですねえ……」

第六章

伝説の占い師

とある国にて。

宿屋のロビーに置かれたソファでくつろぎながら、趣味の読書を嗜《たしな》んでいる魔女《まじょ》が一人おりました。

髪《かみ》は灰色《はいいろ》、瞳《ひとみ》は瑠璃色《るりいろ》。読んでいる本のジャンルはミステリー。黒のローブを着込んでおり、お膝《ひざ》の上には三角帽子《さんかくぼうし》が一つ。

ご覧の通り暇《ひま》な時間を悠々自適《ゆうゆうじてき》に過ごしている彼女は一体誰でしょう？

そう、私です。

「……少々混んできましたね」

本から顔を上げてぼんやりとロビーを見渡しながら、私は呟《つぶや》きます。

雨が窓ガラスをとんとんと叩《たた》き始めたのはついさっきのこと。逃げ込むように慌《あわ》てて宿に入ってきた人がロビーに溢《あふ》れておりました。

「ひどい雨だわ！　濡《ぬ》れてしまったではありませんの！」

入り口付近では高そうな服を濡らした女性客が扉を睨《にら》んで怒っていたり。

「こちらをどうぞ、お嬢様《じょうさま》」

その隣《となり》で付き人らしき人がタオルを差し出していたり。

「いやぁすごい雨だったなぁ」『ねー」

旅行中と思《おぼ》しき夫婦が談笑《だんしょう》していたり。

「……一泊で頼む」

おそらくは一人旅行中の男性がカウンターでチェックインの手続きをしていたり。

「雨の宿、か……事件の香りがするな……」

もしくはシリアスな表情で辺りを見渡しているダンディなおじさまがいたり。

「新人さん！　次はこっちをやるわよ！」

「す、すみません！」

あるいは慌《あわ》ただしく宿内を歩き回る新人従業員さんと、大人びた雰囲気《ふんいき》の先輩《せんぱい》従業員さんの姿があったり。

そこらじゅうに人の姿。

「さっ、付き人。早くチェックインなさいな」

宿に入ってきたばかりのお嬢様さんは、荷物をロビーの端《はし》——ちょうど私が座っているソファの近くまで運ばせたのちに、髪を拭《ふ》きながら付き人さんにご命令。

「はっ。それではお嬢様はこちらでしばし荷物を見守っていてください」

「無論《むろん》ですわ」

付き人さんはお嬢様さんに一礼したのち、カウンターへと歩いて行きました。

今からお二人がチェックインできるまでにどれほど時間がかかることでしょうか。混雑したロビーの中ではそこそこ待たされることだけは明白。

「ふう……」

おそらく彼女自身もある程度は予測がついているのでしょう。

お嬢様さんは軽くため息をついておりました。

私がもしも彼女の立場であれば、きっと席についてゆっくり待ちたいと思うことでしょう。

何なら隣のソファで呑気《のんき》に読書している旅人に対して「あー、席変わってくれないかなぁー」などと思うかもしれません。「私が疲れてるの分からないかなー」と思いながらちらちら視線を向けたりもするかもしれません。

「よければこちらに座ります？」

というわけでお膝にあった三角帽子をかぶり、それからテーブルに置いてあった栞《しおり》を本に挟《はさ》みつつ、立ち上がりました。

配慮《はいりょ》の塊《かたまり》。

何と素晴《すば》らしい魔女なのでしょう。惚《ほ》れ惚《ぼ》れとしてしまいますね。

「あら。いいんですの？」

「読書はどこでもできますから」

続きは宿のお部屋でゆったり読んだほうが周りの迷惑《めいわく》にもならないというものでしょう。

「ではお言葉に甘えて。感謝しますわ」

「いえいえ」

手をひらひら振りつつ私は彼女のもとを離れます。

とはいえ早めに部屋に戻ったところで、やるべきことがあるわけでもありませんでしたので、私はそれからしばしロビーの中をふらふら探索することとしました。

実のところ、私が本日泊まっているのは普通とは少々勝手が違う宿だったのです。

『霧《きり》の占《うらな》い師《し》さまコーナー』

ロビーの隅《すみ》っこのほう。

怪《あや》しげな黒いフードでお顔を隠したマネキンがお行儀《ぎょうぎ》よく椅子《いす》に座らされています。テーブルにはこれまた怪しげなカードの束。

「カードを用いた占いを得意とした霧の占い師さまは、デビューしてから引退するまで数々の著名人たちの未来を的中させていった。霧のように現れ、霧のように消えていった彼女はまさしく伝説の占い師である――」

傍《そば》にあった看板の説明文を読みながら私はふむふむと頷《うなず》きます。

どうやらここは有名な霧の占い師さまとやらの知名度にあやかった宿屋だったようです。

「あ、お客様っ！　ひょっとして霧の占い師さまのファンの方ですか？」

おそらくは泊まりに来る客の多く――ひいては従業員もまた、彼女のファンであることが多いのでしょう。

先ほどからロビー内を忙しそうに歩き回っていた従業員さんが目を輝かせながら私の隣に立って

いました。

胸の名札には『研修中』の文字。

新人さんですか。

「どんなところが好きなんですか？　ミステリアスなところですか？　それとも不思議なところですか？　もしくは怪しげなところですか？」

全部同じ意味では……？

と首をかしげる私。

新人さんは畳《たた》み掛けるように、「よければ霧の占い師さまの好きなところをいっぱい語り合いましょう！　私、霧の占い師さまの大ファンなんですっ！」と興奮しながらずいっ、と顔をこちらに寄せました。

いえいえ、

「私は別にファンでも何でもないですけど」

「えええええええええええええええええええええっ！」

大袈裟《おおげさ》にショックを受ける新人さん。

少々のやかましさを感じながらも私は話しかけてもらったついでに、霧の占い師さんについて尋ねました。そもそもどんな人物だったのです？

何も知らないので教えてもらえません？

彼女は「喜んで！」と答えてくれました。

「霧の占い師さまは去年まで活躍していた占い師さんですねー」

現れたのは四年前。

道の隅っこに店を出したのが始まりだったと言います。

カードの束から一枚ずつ引き、出てきた絵柄《えがら》の向きと順番から、相手の運勢を占う手法を得意とし、去年までの三年間で多くの人々を占ってきました。

彼女の占いは基本的に百発百中。

外見はいつも深くフードをかぶっていたため見えないものの、主に男性客たちからは「結構スタイルがよい」と評判だったと言います。ちなみに好物は焼いたキノコ。いつも占いをするテーブルの片隅に置いてあり、つまんで食べていたそうです。私とは相容れない趣味嗜好《しゅみしこう》の持ち主ということですね。なるほど。

基本的に彼女は決まった場所で占いをするということがなく、いつも気がつけば道のどこか――時にはお店のどこかで占いを始めるほどに神出鬼没《しんしゅつきぼつ》だったそうです。しかしながらそんな彼女を追いかける熱心なファンは多く、ひとたび占いを始めれば決まって長蛇《ちょうだ》の列《れつ》ができたのだとか。

「ところが去年突然、この宿屋で行った占いを最後に、彼女は引退を表明したんです――」

あまりに突然の出来事に人々は驚きました。理由を尋ねるファンに、彼女は「少し静かに過ごしたいんです」と答えたと言います。

彼女の動向すべてに人々が注目し、持ち上げられることに疲れてしまったのでしょう。

以降、彼女はごく普通の生活へと――この街のどこかへと姿を消してしまったのだそうです。

「そして今はこの宿屋で伝説となった彼女を懐《なつ》かしむために、こうして衣装やカードのレプリカを作って、専用スペースに飾ることにしたのです……」

「そうなんですか……」

霧の占い師さんはこういう扱《あつか》いが嫌で引退したのでは……？

「いかがですか？　魔女さん。聞こえませんか？　霧の占い師さまの衣装やカードが占いをしたがっている声が……」

「これレプリカですよね？」

「ちなみに私が作りました……」

「そうなんですか」

「私には聞こえます……、衣装やカードが霧の占い師さまを待つ声が……」

「幻聴《げんちょう》じゃないですかねえ……」

「ウラナイシタイヨー……ほら！　今聞こえましたよね！」

「裏声《うらごえ》で何言ってんですかあなた」

呆《あき》れる私。

その横で彼女の先輩従業員さんが「新人さん。こんなところで何してるの？」などと笑みを浮かべながら怒っておりましたが多分彼女の耳には聞こえていなかったのでしょう。

ぽん、と肩《かた》を叩く先輩さん。

「ほえ？」と振り返った新人さんは、ひいいと声を上げて驚きました。「せ、先輩！　一体なぜこんなところに――！」

「あなたが急にいなくなったから探しにきたの」

にこりと返す先輩さん。

彼女はそれから新人さんの腕をぐいっ、と引っ張りながら、

「忙しいんだから急に持ち場を離れないの！　来なさいっ！」などと連行。

「い、いや待ってください！　私まだ霧の占い師さまの話が途中《とちゅう》で――」

「仕事もまだ途中でしょうが！」

ごもっとも。

「いやあああああああああああああああああああああ……！」

こうして新人さんはずるずる引きずられながら宿屋の奥へと消えるのでした。

「……何だったんですか」

変な宿ですね――などと呟きながらも、私は改めて辺りを窺《うかが》います。

少し見ただけではよく分かりませんでしたが、おそらく今日、この宿のロビーに集まっている客の多くが霧の占い師さんのファンの方なのでしょう。

例えば隅っこで談笑している夫婦が着ているのは色違いのペアルック。胸の辺りに『霧の占い師最高！』と書かれていました。ちょっとダサい……。

例えば先ほどチェックインしていた一人旅行中の男性がバッグに括《くく》り付けているのは霧の占い師さんを模《も》したお人形。

物や人のファンであれば、グッズや関連物を集めたい、身につけたいと感じるのは当然のことといえましょう。

ひょっとしたら私が何かの拍子《ひょうし》に有名になったりしたら、普段身につけているバッグや服のレプリカが作られたり、ともすると私の姿を模した像か何かがたくさん作られたりしてしまうかもしれません。夢が広がりますね！

「………………」

ところで話は変わりますが、グッズや関連物の中にはなかなか世の中に出回っていない貴重《きちょう》な限定品などもあったりするものです。例えば有名な本に著者《ちょしゃ》が直々にサインをしたものなどは、それだけで唯一無二《ゆいいつむに》の希少性《きしょうせい》を誇るもので、ファンとしては是《ぜ》が非《ひ》でも手に入れたいものと言えましょう。

そしておそらく、霧の占い師さんが最後の舞台に選んだこの宿に泊まる客の中にも、そんな貴重なものを持っている方がいたのでしょう。

「きゃあああああああああああああああああああああああああっ！」

絶叫《ぜっきょう》。

まるで死体でも見つけたかのような、絶望に満ちた声。驚きながら顔を向けると、先ほど私が席を譲《ゆず》って差し上げたお嬢様さんが両手でお顔を覆《おお》いながら震えていました。

一体何があったのでしょう？

「お客様……どうされたのですか？」

すぐさま飛んできた先輩従業員さんが尋ねます。

「ない……！」

彼女はわなわなと震えた声で答えます。

「……何ですか？」

首をかしげる先輩さん。

「ないの！」

くわっ、と目を見開き、それからお嬢様さんは叫びます。

曰く。

「霧の占い師さまのサイン入りカードが、どこにもないの！」

盗まれたのよ！　と。

彼女ははっきりと、言いました。

○

霧の占い師さんは引退する時に、自身が占いに使っていたカードのうち三枚にサインを書いてその場に居合わせた客に手渡したのだそうです。

一枚はこの国に住む富豪《ふごう》の手に渡り、そしてもう一枚はなぜか美術館に展示され、そして最後の一枚はここ一年の間にオークションに流れたのだそうな。

「――以上のことから分かる通り、サイン入りのカードはとっても貴重でとっても高価なんです！

もはや伝説級の代物《しろもの》といっても過言《かごん》じゃないんです！」

盗まれたカードはとにかく途方もないくらいに高価な代物で、数あるコレクターズアイテムの中でも最も貴重と言ってもいいくらいだそうです。

騒ぎを聞きつけて舞い戻ってきた新人さんが興奮しながら勝手に話してくれました。

「あなた仕事はいいんですか」

「ふっ……バレなきゃいいんすよ……」

くい、と親指でロビーの隅っこのほうを指差す新人さん。そこにはカードを盗まれてしまったお嬢様さんのお話に真剣《しんけん》そうに聞き入る先輩従業員の姿があります。つまり厳しい先輩の目が届かないからやりたい放題ということですね、なるほどなるほど。頷く私。直後に先輩さんからペンが投擲《とうてき》されました。

「ぴゃああっ！」

すこーん！　新人さんの額《ひたい》をペンが直撃します。

「バレてるじゃないですか」

「あのひと背中《せなか》に目がついてるんです……」

「あなたが分かりやす過ぎるだけでは……？」

カードを盗んだ人物も新人さんくらい分かりやすければ、ロビーの端に立つ私からでも目立って見えたことでしょうが、見渡す限り、視界に映るのはお嬢様さんを心配そうに見つめる方ばかり。

誰が盗んだのかはさっぱりです。

「しかし犯人さんもお馬鹿《ばか》ですねえ……」額をさすりながら新人さんはペンを拾い上げつつ言います。「こんなにファンだらけのところで盗みなんて働けばすぐにバレるに決まってるのにぃ」

「そうですねえ」

ごもっとも。

既に現場では犯人探しが始まっており、先輩さんが「みなさん、その場でしばらく待機してください」とロビーの人々に対して協力をお願いしていました。

カードが盗まれたというのならばこの場にいる誰かが犯人であることは明白。

「これよりこの場にいる皆さんの持ち物の確認をさせてもらいます」

一人ひとりの荷物をひっくり返して探していけばやがて犯人に辿《たど》り着くことでしょう。実に真《ま》っ当《とう》な流れといえます。

「ま、犯人はそのうち捕まることでしょう」

カードにまったく興味のない私はそれから近くにあった席にぽすんと腰《こし》を下ろして、本を取り出しました。待っている間やることもないですし、本の世界に再び入って過ごすこととしましょう。

ぱらぱらとページをめくる私。

「――ところで君。なくしたカードはどんなものなのだね？」

どなたかがお嬢様さんに尋ねる声が聞こえました。ちらりと視線を向ければダンディなおじさまと、お嬢様さんが向き合っていました。

「わたくしがなくしたカードですか？　それは――」

ぴたり。

私が読んでいたページまで栞が導いてくれたのはその時。

「『魔女』と書かれたカードですわ」

とお嬢様さんは言いました。

そして私の手元にまったく同じ言葉が書かれたモノが挟まっていることに気がつきました。

『魔女』

と書かれたカードがまるで栞みたいな面《つら》をしながらページとページの間で「やあ」と顔を覗《のぞ》かせております。

「……んんー？」

どういうことですかー？

私は目をこすりました。

「『魔女』と書かれている、か……他に特徴は？」

「言葉の通り、魔女の絵柄が描かれておりますわ。黒のローブと三角帽子を身に纏《まと》った魔女ですわ」

わー描かれてるー。

「ふむふむ……。それで、そのカードに霧の占い師さまのサインが書いてあるのだね？」

「右下の方に『霧の占い師より愛を込めて』と書かれておりますわ」

わー書かれてるー。

私は心臓《しんぞう》をむぎゅっと摑《つか》まれたかのような気持ちになりました。途端《とたん》に吹き出る汗。一体なにゆえ私がこんなものを持っているのですか？

考える私。

思い出す私。

そういえば先ほどお嬢様さんと会話したとき——私は確かにお嬢様さんに席を譲るために立ち上がり、本に栞を挟んだはずです。

「——わたくし、確かにカードをこのテーブルに置きましたの。けれど気がついたらなくなっていましたのよ！　まるで魔法のように！」

「ふむ……。奇妙《きみょう》な話だねえ」ダンディなおじさまは顎《あご》に手を添えつつテーブルを見ます。「ちなみにこのテーブルに置かれている栞は君のかね？」

「え？　違いますわ」

首を振るお嬢様さん。

ダンディなおじさまが手に取ったのはシンプルな柄の栞であり、それはまさしくどこからどう見ても私のものであり、つまるところ私がうっかり栞とカードを取り間違えてしまった事実を示しており、普通に私はその場で頭を抱えました。

「そもそもどうしてそんな大事な物をテーブルに置いたのだね」

まったくです。

「だって、大事な物をぞんざいにその辺に置いたりするのって、お金持ちっぽい感じがしてイイじゃありませんの」

いやちょっと意味が分からないです。

「あのう……魔女さん、大丈夫ですか……？」突然分かりやすく愕然《がくぜん》とし始めた私に対して戸惑《とまど》いながらも声をかけてくれる新人さん。

「ええ、まあ大丈夫ではないですね――」

厄介《やっかい》なことになってしまいました。

悩む私。

しかしその時、頭の中で前向きな私が「待ってください私！　今なら事情を説明すれば間に合うはずです」と声をかけてくれました。そうですよね。その通り。わざとやったわけではないのですからきっと分かってもらえるはず。

というわけで私は即座に立ち上がりました。

「え？　魔女さん、どうしたんですか？　ちょっと――」

新人さんの静止を振り切りすたすたと歩き始める私。

「ところで話は変わるが実は私はこの国の保安官をしていてね」

ダンディなおじさまが懐《ふところ》から手帳を取り出しながら言いました。「犯人が見つかり次第、牢屋《ろうや》にぶち込むことを約束しよう」

すたすたと席まで舞い戻りながら私はそのまま分かりやすく頭を抱えました。

何ということでしょう。

「霧の占い師さまのカードを盗むだなんて許せんやつだ……！　保安官として見過ごすことはで

きん！」

どうやら偶然《ぐうぜん》にも今日、この宿に国の保安官さんが滞在《たいざい》しており。しかも霧の占い師さんのファンであり。

「私の権限で極刑《きょっけい》にしてやろう」

しかも職権濫用《しょっけんらんよう》する気満々のご様子。こんな状況で自白などできるはずもありません。無理です。

私は早々に諦《あきら》めました。

しかしながら私が頭を抱えている間にも先輩さんの荷物検査は続いており、私の順番になることも時間の問題。待っていればどのようなことになるのかは想像に難《かた》くありません。

まさに万事休《ばんじきゅう》す。八方塞《はっぽうふさ》がり。

賢い私はここで考えました。

考える最中に視界に映り込むのは霧の占い師さんのレプリカ衣装。

素晴らしい案が私の頭に舞い降りたのはその直後のことでした。

「それでは次はあなたね――」

ちょうど私のもとに先輩さんが近づきます。

きっと彼女はとても驚いたことでしょう。

――なぜならそこには霧の占い師がいたのですから。

「どうもこんにちは」

霧の占い師の格好《かっこう》をした私は妖艶《ようえん》な感じに先輩さんを出迎えました。手元にはカードの束。まさしく今すぐにでも占いができそうな雰囲気を醸《かも》していました。

「魔女さん、何してるんですか？　それうちの宿屋の備品なんですけど！」

私の服を引っ張る新人さん。

「私は霧の占い師です――」誰が何と言おうと今の私は霧の占い師なのです。

突然現れた霧の占い師（のコスプレをした魔女）は当然ながら宿の中でそこそこの存在感を放つこととなりました。

ロビーに集まった人々がざわつきます。

「何だあれ……？」「霧の占い師さまだわ……！」「ふむ……？　だが以前私が見たときよりも少し体型が……」「本物はもっとスタイルがよかった気がする」「じゃあコスプレかな？」「コスプレだな」「なんだコスプレか」

…………。

「私は霧の占い師です――」誰が何と言おうと今の私は霧の占い師なのです。

一瞬でコスプレと見破られてもやはり堂々《どうどう》としている私の姿がそこにはありました。

「よく分からないけど荷物検査させてもらえる？　それと持ち物検査も」

そして先輩さんはどこまでもプロフェッショナルでした。伝説の占い師（コスプレ）を前にしても依然として態度を変えることなくお仕事に従事しておりました。

ちなみにカードは依然として私の懐に入ってる本に挟まってます。

持ち物検査されると困っちゃいます。

「この私を調べるおつもりですか？」

ということで全力で持ち物検査から逃れる私でした。「私は霧の占い師。本人です」

「いやコスプレでしょ」

「本人です」

「…………」

「本人です」

ちなみに皆さんご存じでしょうか。嘘《うそ》をつくときはなるべく堂々としていると見破られにくいそうです。「自身のサイン入りのカードを盗む理由がどこにあるというのです？」

これぞ偽《いつわ》りとごまかしで生きるためのライフハック。

したり顔を浮かべている私に、先輩さんはやや呆れた様子を見せました。

「あのね？　霧の占い師さまはもう少し年齢が上のはずよ」

「じゃあ霧の占い師の生まれ変わりです」

「勝手に死んだことにされてる……」

まあ細かいところはどうでもいいんですよ。

「皆さんは消えたカードの所在がどうしても気になるようですね。……よければ私が占いで探し当てて差し上げましょうか？」

手元にあるカードに触れながら私は語り。

そしてその場に居合わせた人々は、私の迫真《はくしん》の演技にざわつきます。

「何か妙に自信に満ちた顔してるな」「ひょっとして本当に霧の占い師さまの生まれ変わり……？」

「確かに雰囲気は霧の占い師さまそっくりだ……」「あれ私が自腹で買った衣装とカードなのに……」

「持ち物検査したいんだけどー……」

私が霧の占い師さま本人であるかどうかはさておき、人々はそれから「どうする？　一回占ってもらってみる？」などとこれから二次会どうする？　行っちゃう？　みたいなテンションで話し合いました。

「なんか占いで探してもらったほうがそれっぽい感じがしてイイですわ」

そしてカードをなくした張本人《ちょうほんにん》であるお嬢様さんの一声により、占いで私が探す方向に話がまとまりました。全体的にゆるいお客さんたちでした。それっぽい感じって何すか。

ともあれそんな些細《ささい》な疑問に目を瞑《つむ》りながら、私はただただ「ふふふ」と妖艶な感じの表情を浮かべ続けるのみでした。ところでこのカードどうやって使うんですか？

「えい」

よく分からなかったのでテキトーに上から順に三枚くらい引いて並べました。

「おお……！」

いつの間にか私のすぐそばに集結していたお客さんたちから歓声《かんせい》が上がります。

並べられたカードは順番に『獣《けもの》』『国王』『船』でした。

「これは一体どういう意味なのですか……！」

目を輝かせながら尋ねるお客さんたち。おそらく根本的にそもそも占いというものがお好きなのでしょう。

私は後方を指差しながら言いました。

「あちらをご覧ください」

するとその場にいた誰もがくるりと振り返り。

そしてほぼ同時のタイミングで私は懐に隠していた本をあらぬ方向へとぶん投げました。

くるくる回って宙を舞った本はそれからロビーの隅っこのほうに置いてあった観葉植物の中に埋まります。

「いま何か投げなかった？」こちらを向き直りながら先輩さんがじっと目を細めます。

「いえ別に」

「それで、あっちを見たから何なの？　別に何もなかったけれど」

「と思うじゃないですか」

「ええ」

「まあ何もないんですけど」

「何なの……？」

呆れる先輩さん。

「それでは今度はあちらをご覧ください」

私は再び指を差します。その先にあるのは観葉植物。「あれが一体何か？」と言いたげなお顔の先輩さん。

やがて新人さんがはっと目を見開きながら、言いました。

「あれ……？　観葉植物の中に何か入っていませんか？」

一体何でしょう？　新人さんは首をかしげながらゆっくりと近づきます。

それから手を伸ばし、引き抜いてみれば、まあ何ということでしょう。ミステリー小説が出てきたではありませんか。

「こんなところにどうして本が……？」

怪訝《けげん》な表情を浮かべながら、意味もなくぱらぱらと本をめくる新人さん。やがて小説はとあるページを開いた状態で止まりました。

「こ、これって……！」

新人さんは驚きました。

まあ何ということでしょう。

ページの間にはカードが差し込まれていたのです！

「わたくしのカードですわ……！」

それはまさしくお嬢様さんが盗まれたと語っていた、霧の占い師の直筆《じきひつ》サイン入りのカード！

「ふっ——これが占いの力ですよ」

私は髪を靡《なび》かせながら言いました。

いやいやそもそもどうしてあんなところに本があったのです？　なんてことは疑問に思ってはなりません。事件はこれにて解決したのですから細かいことはどうでもいいのです。

「おお……！」『まさか本当に占いで解決してしまうなんて……！」

私を取り囲む客たちのお顔は明かりが灯《とも》ったように明るくなり、誰もが拍手《はくしゅ》を送ってくれました。

「何てすごい力だ……！」「ひょっとして本当に霧の占い師さまの生まれ変わり……？」「えっマジで霧の占い師さまって死んだの」「すげえ……！」

いやあ照れますねえ。

「次は私を占ってはもらえないかな」

ん？

「あっ！　ずるいですよ！　次は私です！」

んん？

お褒《ほ》めの言葉を浴びながらニコニコしていた私はここで一旦、首をかしげることとなりました。

椅子に座る私の目の前で、ダンディなおじさまと新人さんが席を取り合い、睨み合っていたのです。急にどうしたのですか？

まるで次に占いを受ける順番を競い合っているかのようではありませんか。

「お二人とも。こんなところで争っては占い師さまに失礼です」

戸惑う私を助けてくれたのはお嬢様さんの付き人さんでした。「次は私を占ってもらってもいいですか」、違いますねこれ全然助ける気ないですね。

「急に何だね！　邪魔《じゃま》だ！　次は私が占ってもらう！」「次は私です！」「いいえ！　ここはお嬢様の付き人である私が！」

私の目の前で騒ぎながら順番を取り合う三名。

「いや、他に占いをやるだなんて言った覚えはないんですけど――――」

もう店じまいですよー、と私が声をかけたところで彼らの耳には届きません。

だれかたすけてください。

「三人とも、落ち着いてくださいまし！」

そんなとき私に手を差し伸べてくれたのは、カードを見つけて上機嫌なお嬢様さんでした。「ここは占う順番を占ってもらう、というのはいかがです？」崖に突き落とされたの間違いでしたね。

妙案《みょうあん》思いついたみたいな顔して何言ってんですかマジで。

「おお、確かに！」『その手がありましたか！』『さすがはお嬢様！』

あれよあれよという間に争っていた三人は仲良く手を取り、「じゃあ占ってください」と私を取り囲みました。

「……え、いや」

占いする気なんてないんですけど……？

「え？　何？　占いしてくれるの？」『ねえ、あなた！　私たちも占ってもらいましょうよ！』

ひょっとしてこの場にいる方々は戸惑う私の顔が見えていないのでしょうか。一人、また一人と私の周りに集まってきます。

「ええ……」

私は戸惑いながらも一つ思い出したことがありました。

この宿に泊まっている客のほとんどが、霧の占い師の熱狂的なファン。グッズを着込み、グッズを持ち歩き、そして高値のグッズをオークションで競り落とすほどの盲信ぶり。

そんな彼らの前に新たな霧の占い師が現れたとき、どんな反応をすることでしょう。

きっと心から喜ぶに違いないのです。

伝説との再会に歓喜《かんき》するに違いないのです。

「あ、そうだ！　私、霧の占い師さまの大好物をいつも持ち歩いているんです！」

ぱあっと明るいお顔を浮かべながら、新人さんは懐から袋を取り出しました。

「焼いたキノコです」

いらない――。

「おお！　それなら私も持っているぞ！」「私もです」「どうぞ霧の占い師さま！」「存分に食べてください！」

ほんとにいらない――。

積み上げられる悪夢のような光景を前に私の顔から表情が消えていきました。

現実逃避するように私はカードの束に手を伸ばし、一枚めくりました。

『魔女』

引き当てたのは奇《く》しくも先ほど私がうっかり拾い上げてしまったものと同じ絵柄。

「おお！　どんな意味ですか？」

私の周りで見守る客たちが目を輝かせて尋ねます。

とはいえもちろん私は霧の占い師ではありませんので、意味など尋ねられてもさっぱりです。唯一分かることといえば、『魔女』を描いたカードのせいでこんな事態になっているということであり、要は諸悪《しょあく》の根源《こんげん》ということであり。

ゆえにため息をつきながら、私は呟くのでした。

「私にとってはよくない意味であることだけは間違いないですね……」

○

その日、奇跡的な復活を遂げた霧の占い師は、その場に居合わせた客たちの運勢をすべて占っていったと言います。

伝説の占い師さまに占ってもらった——目の前に座った客たちの中には、たったそれだけの事実に感激して涙を流す者もいました。ちなみに占い師もキノコを食べさせられながら泣いていました。

結局、復活を遂げた霧の占い師——こと私が解放されたのは、その日の夜が更《ふ》けてからのことでした。

「ひ、ひどい目に遭《あ》いました……」

ふらふらとした足取りで部屋を出る私。

肩に鞄《かばん》をかけ、鍵《かぎ》を手に持ちロビーへと降ります。

「今日のうちにこの国からこっそり抜け出すこととしましょう……」

伝説の占い師を演じて窮地《きゅうち》を脱したところまではよかったのですが、次から次へと占いをさせられる羽目にあった辺りからこの先に待ち受けている嫌な展開が頭をよぎるようになったのです。

ひょっとして私、次の霧の占い師に祭り上げられてしまうのでは……？

『霧の占い師の新しい伝説の始まり……！』

というより既にそんな気配がロビーには満ち満ちているのでした。片隅に置かれたレプリカ衣装とカードのそばには新たに看板が立てかけられており、『颯爽《さっそう》と現れた灰色の髪の魔女は、当宿屋の衣装に袖を通すと、涙を流すお嬢様に希望の光を見せた――』などと手書きで書かれておりました。

『新しい霧の占い師の聖地』

などとも追記されてました。完全にお金儲《もう》けする気満々です。

こんな環境ではゆっくり休むこともできそうにありません。

「チェックアウトでお願いします」カウンターに鍵を置く私。

従業員さんが「かしこまりました」と受け取りながら、くすりと笑いました。

「去り際も霧の占い師みたいね」

顔を上げると先輩さん。

「どうも」

霧のように現れて、霧のように消えた、というのが先代——もとい本物の霧の占い師さんの特徴でしたね。「予定よりも随分と早いですけれども、長居はできそうにありませんので」

残りの日程分の払い戻しできます？　と私は尋ねます。

「ちょっと待っててね」

先輩さんは慣れた手つきで宿泊記録を確認します。事前に三泊ぶんの料金を支払いましたが、一泊したのち出てゆくことになるため、二泊分のお金が戻って来ればありがたいのですけれども。

「はい、どうぞ」

しばし待ったのちに、先輩さんは私の手にお金を置いてくれました。

私が事前に払った三泊ぶん。

よりも多い、四泊分のお金でした。

「ちょっと多いようですけれども」

計算間違ってません？

首をかしげる私に、「それでいいの」と先輩さんは語ります。

「想定外の出来事で大変な思いもさせてしまったし、これは私からの迷惑料だと思って」

「想定外の出来事……？」

といわれて思い出すのはキノコを食べながらひたすら占いをさせられたつい先ほどまでの出来事。

いやまあ本当にいい迷惑でしたけれども、それは本物の霧の占い師さんの好物がキノコだったことが悪いのであって別に宿の従業員たる先輩さんに謝られるようなことではないはずですけれども……。

「ま、もらえるのであればありがたく頂いておくとしましょう」

頂いたお金で少し贅沢《ぜいたく》でもしましょうか――などと思いを巡らせながら、私は財布にお金を収めます。

「それでは」

そして私は踵《きびす》を返し、

「――確かあなたって旅人だったっけ」

出口へと向かおうとしたところで、先輩さんから声をかけられました。「これからどこに行くの？」

さてどうしましょう？

「特に決めてないです」

「占ってみたら？」

ちらりと彼女の視線が霧の占い師の衣装とカードに向けられます。今日さんざん引いて飽《あ》きるほどに絵柄を眺めたものですけれども、

「ま、記念にやっておきますか――」

私はゆるりと近寄り、一枚引きます。

「何が出た？」尋ねる先輩さん。

私が無言で絵柄を彼女に見せると、先輩さんは「そう」と頷き、

「店を出たら西に向かって進みなさい」

多分そのほうがいいわよ――と。
まるで占い師のようなことを私に語るのでした。

静かな夜の街をゆるりと私は一人、歩きます。

向かっている方角は西側。

奇しくも先輩さんの言葉に従う形となりました――というかそもそもこの国と外を繋《つな》ぐ門は西側と東側にしかないので、二者択一でこちらを選んだという話なのですけれども。

「おや、魔女さん。夜分遅くに出国かい」

夜道を一人歩いてきた私に敬礼《けいれい》をする門兵さん。どうもと私は会釈《えしゃく》を返しながら、「少々野暮用《やぼよう》でして」と答えます。

「すぐ開けるから待ってな」

外と国を遮《さえぎ》っていた門を、彼はそれから手際よく開けてくれました。国の向こう、山の上では星空が瞬《またた》いています。

「しかし魔女さん、あんた運がいいなぁ」

「？　何がですか？」

首をかしげる私。

門兵さんは言います。

「ついさっき連絡があったんだよ。東の門のほうで馬車の荷物が崩れる事故があったらしい。……

一応怪我人《けがにん》はいないらしいが、もしも東の門に向かってたら巻き込まれてたかもしれん」

事故が起きたのはおおよそ数分前。

私が宿屋を出てから西に向かい始めたあとでのことでした。私はもちろんのこと、宿で仕事をしていた先輩さんもその情報は耳にしていなかったはずです。

一体彼女はなぜ西に向かうように勧めたのでしょう。

——まるで占い師の予言のように。

「………………」

ひょっとして。

私はくるりと踵を返し。

「……まあ、詮索《せんさく》するのはやめておきましょう」

けれど再び、門の外へと目を向けました。

霧の占い師はまさしく霧のように現れて、霧のように消えた伝説の占い師。今更《いまさら》掘り起こしてしまうのは野暮というものでしょう。

だからこそ私も今日のうちに国を離れるのですから。

「それでは魔女様、お気をつけて」

敬礼する門兵さんに一礼したのち、私は門をくぐります。

きっとこの先にはいいことが待ち受けているのでしょう。

よき占いを信じながら、私はゆっくりと国の外へと足を踏み出すのでした。

「えええええええええええええええええええええっ！」

その日、宿屋のロビーに響き渡るのは新人従業員の悲痛な叫び声でした。

昨日の夜のうちに新しい霧の占い師は国を出て行った。チェックアウトを担当した先輩従業員からさらりと事実を伝えられて驚きと落胆《らくたん》が隠せなかったのです。

「どうして止めてくれなかったんですかぁ！　先輩！」

「本人がチェックアウトを希望したんだもの。仕方ないでしょ」

仕方ない。

そう言われるとどうしようもない。がっくり肩を落としながら、新人従業員は「霧の占い師さまのファンたちにいっぱいアピールしてお客さんを呼び込もうと思ったのに……」と昨日作ったばかりの特設コーナーを見つめます。

先輩従業員は嘆息《たんそく》で返しました。

「そんなことしなくても、普通に仕事するのが一番よ」

霧の占い師が現役を退《しりぞ》いたのは有名になりすぎたから。些細《ささい》な言動すべてに人々が注目する状況に疲れたから。

「霧の占い師は特設コーナーを設置してまでファンを呼び込むような状況を好ましく感じたりしな

いと思うわよ。霧の占い師が存在していたことも忘れてほしいと思ってるかも」

諭《さと》すように先輩従業員は新人の肩に手を置きます。

頬《ほお》を膨《ふく》らませる新人と目が合いました。

「なんだか霧の占い師さま本人みたいなことを言いますね……」

「ひょっとしたら私が本人かも」

薄く笑みを浮かべる先輩従業員。

「あはは！　先輩、変な冗談《じょうだん》言いますね」新人の膨らんでいた頬が途端に元に戻りました。「伝説の占い師さまがこんな普通の宿屋で働いてるわけないじゃないですかぁ」

「そうかもね」

先輩従業員は頷きながら、霧の占い師の特設コーナーを見つめます。昨日、灰の魔女が袖を通したレプリカ。

既に看板に綴《つづ》られている内容も、昨日登場した霧の占い師――灰の魔女に関する記述に上書きされています。

きっと時間が経《た》てば、霧の占い師の存在そのものが、霧に包まれたように曖昧《あいまい》に消えてゆくことでしょう。

彼女はそうして平穏な暮らしを手に入れることを望んでいました。

「さ、雑談はこのくらいにして、今日も仕事するわよ」

ぽん、と新人の背中を押す先輩従業員。

新人は「はぁい」と間延びした返事をしながら、いつもの仕事へと戻りました。

「…………」

そして新人の背中を見送ったのち。

先輩従業員は先ほど霧の占い師が使っていたカードを一枚、めくります。

「ふうん……」

出てきた絵柄に、彼女は笑みを浮かべます。

今日はよき一日になりそうな予感がしました。

第七章

スライムの話

少し冷たい風が夜の平原を巡《めぐ》りました。

頭上の木はさらさらと音を立て、揺《ゆ》れ動くさまは生き物のよう。傍《そば》に置いたランタンの中に灯《とも》った小さな火が消えないように視線を傾けたのちに、彼女は膝《ひざ》の上に置いた一冊の本にペンを走らせました。

夜に日記をつけるのが彼女の習慣の一つでした。

簡潔《かんけつ》に今日あった出来事を手元で小さくまとめます。

国から国へと渡る最中にうっかり道を間違えて、ふらふらと平原を走り回った挙《あ》げ句《く》に日が暮れて、こうして今は静かな夜の中で、野宿をしながら日記を書いている。ざっと書けばそのようなもので、言い換えるならば特に何もなかった平和な一日とも言えましょう。

「ま、たまにはこんな日も悪くはありませんね」

宿のふかふかベッドでぐっすり眠ることもよきものですが、誰もおらず何もない大自然の中でゆるりと眠ることもまた一興《いっきょう》。

既に準備万端《じゅんびばんたん》のテントを振り返りながら、魔女は薄く笑みを浮かべました。

髪《かみ》は灰色《はいいろ》、瞳《ひとみ》は瑠璃色《るりいろ》。夜の闇に沈《しず》むほどに黒いローブと三角帽子《さんかくぼうし》を身に纏《まと》う彼女は魔女であり、旅人であり、そして同時に美少女でもありました。

が、今宵《こよい》は周りに誰もいませんし、ランタンがなければ辺りもろくに見えない暗闇です。きっと私の美しさに吸い寄せられる者などいないのでしょうね――などと一人でこっそり落胆《らくたん》してみせる彼女は一体誰でしょう。

そう、私です。

「我が種はすべての個体が正義を有している。我が種がとる行動はすべて正義に基づき決定されている。正義とは我々にとっての行動指針である。つまり我々が今、ここにいるのは、我々の中の正義がここへ来るよう導いたからである」

これは私ではありません。

ぱっとテントから日記帳へと視線を戻した直後のことです。

私は妙《みょう》なものを見ました。

「貴公《きこう》は正義を持っているか？」

そのように尋ねるのは、日記の上にちょこんと乗っている空色の奇妙《きみょう》な生き物――のようなもの。

そもそも生き物と呼称していいのかさえ私には分かりません。

大きさは概《おおむ》ねりんごと同じ程度。片手でもじゅうぶんに摑《つか》めるでしょう。けれど実際に触ってみて摑めるかどうかは分かりかねます。

日記の上で「貴公、聞いているのか」と再び尋ねる生き物のようなものは、お体がゼリー状になっていて、けれど丸くまとまっていて、お喋《しゃべ》りする度にぷるぷると震えておりました。

なんとなくどことなく美味《おい》しそうな見た目をしていますね……。

「こんばんは」

私はこの生き物を知っていました。

これまでの旅路の中でもその姿を見かけたことは数えられる程度にしかありませんけれども——

私はその名を呼びました。

「スライムさん、ですね？」

小さくてぷるぷるとした生き物。物好きがペットとして飼ったり、あるいは繁殖力の高さから忌《い》み嫌《きら》われて害獣《がいじゅう》扱《あつか》いされたりしている生き物。

お喋りをするところを見るのは初めてかもしれません。

ふむと観察する私に、スライムさんは男性とも女性ともつかない中性的な声とともに、ぷるると震えました。

「訂正を求める。我が種族はたしかにスライムと呼ばれているが、我々の個体を指す名称ではない」

「そうなんですか？」

「貴公は自身を人間と呼称《こしょう》されても違和感を覚えないのか？」

「なるほどたしかに」種族名で呼ぶのは正しくなかったかもしれませんね。「では何とお呼びすればいいんです？」

お名前、あるんですよね？

私は首をかしげました。

スライムさんは震えます。

「……我々の名は何だ？」

「いや私に聞かれましても」

呆《あき》れて肩をすくめる私。

お名前のほかにも、お聞きしたいことは多々ありました。敵意はないようですけれども、しきりに正義だの何だのとよく分からないことをおっしゃっていますし。

そもそもいきなり現れましたし。

ですがひとまずあらゆる疑問を隅《すみ》のほうに置いておいて、私はスライムさんが乗っかっている日記帳を見つめます。

どうやら一つ書き加えねばならないことができたようです。

何もない一日、ではありませんね。

今日はスライムさんと出会った日と書くべきでしょう。

ですから私はスライムさんの目の前でペンを手に取り。

それから言いました。

「……日記からどいてもらえます？」

「それが貴公の正義か？」

「いえ一般常識だと思いますけど」

○

よく分かりませんが彼らのいう正義とは主義や主張の根本であり、自身の行動原理のことを指すそうです。

例えば今の私に置き換えるならば、いきなり日記に乗っかってきた生体とお話をしてみたいと感じたことが正義であり、そしてあわよくばスライムさんの生態を研究してひと儲《もう》けしようと思ったことも正義であり、そして正義に基づき対話を始めた、といったところでしょう。

要は興味、関心といった言葉を少々かっこよく言い換えただけですね。

ちょっと背伸びしたいお年頃なのでしょうか？

「我々は貴公よりも年上だ」

「おやそうですか」

お膝の上に乗せた冊子を日記から白紙のメモ帳に置き換えて、私はいくつかお話を聞くことにしました。

急に出てきて何なんですか？

「我々は食べ物を所望《しょもう》する。空腹で力が出ない。このままでは息絶《いきた》える」

食い物よこせ、とまるで山賊《さんぞく》のようなことをおっしゃるスライムさん。そもそもどんなものを食べるんですか？　と私が尋ねると、スライムさんは「なんでも食える」とぷるぷるしました。とりあえずぱっさぱさの携帯食料を与えてみました。

「……美味《うま》い」

結果喜んでおられました。ぷるぷるでした。

人が食べるものでもいいようです。なるほどなるほど。

「先ほどから何を書いているのだ」

「お気になさらず」

せっかくですからお姿もメモに残しておきましょう。私は丸っこい身体をスケッチしながら尋ねます。「今はお一人なんですか?」

「その表現は適切ではない。我々は複数の個体が集まることで成り立つ個体群である」

「ほうほう」

メモの中にある丸っこい身体に矢印を突き刺して『群体《ぐんたい》』と記載しておきました。一つの身体に小さな個体が寄せ集まって、分裂《ぶんれつ》することで繁殖しているのでしょう。

「それで、こんなところで何をしているんです? 真夜中のお散歩ですか?」

辺りは見渡す限り暗闇に沈んだ平原があるばかり。明かりは月の光か私のランタンくらいで、それ以外は何も見えはしません。人もおらず、動物の姿もさほどなく、何もない場所と表現するのが適切でしょう。スライム一体だけでお散歩するには代わり映えのしない場所のような気もしますけれども。

「我々は人を学ぶための旅をしている最中だ」

「人を学ぶための旅……?」

って何です？

「人が何を考え、どのように生きているのかを我々は学ばねばならない。それが我々を突き動かす正義であり、正義に基づき、貴公が灯したランタンの明かりに導かれた」

「要するに人間と関わってみたいなーと思ってた最中に私を見かけたからちょっかい出しに来たということですねー」

無理に難しい言葉を使いたがるお年頃の子どもをあしらうように私はペンを走らせました。

傍《かたわ》らではスライムさんがぷるぷると震えながら「しかし……」と唸《うな》っております。

「我々はなぜ人を学ぶことを正義としているのか、それが分からない」

「どういうことです？」

「我々にはここに至るまでの記憶が存在しない」

不思議な話ですけれども。

曰《いわ》くスライムさんは、気がついたら空腹のままに夜の平原を歩いており、自身がそれ以前にいったい何をやって過ごしていたのかが分からないのだと言います。

人でいうところの記憶喪失《きおくそうしつ》。

スライムさんにもそのようなことがあるのですね。

「さまよう我々の中にあったものは『人を学ばねばならない』という正義のみだった。人を学べば我々が何者で、何のためにさまよっていたのかが分かるかもしれない」

これまた奇妙な言い回し。

彼または彼女もしくはそのどちらでもないスライムさんが一体何を言わんとしているのか、私は考えました。

人を学びたいと思っている。自身が何者かは分からない。旅をしている。

そして私の元にやってきた。

「あなたは運がいいみたいですね」

「我々は個体ではない。あなたという呼称は適切ではない」

「人から見たらあなたは大体個体みたいなもんですよ」私はそれから首をかしげながら、言いました。「人を学びたいのであれば、私と一緒に行動をしてみます？」

「ふむ？」ぷるん、とスライムさんが斜《なな》めに傾きます。

どういうことだ？　と言いたげな様子ですね。ご説明して差し上げましょう。

「私は旅人。そして灰の魔女、イレイナです。今はこうして野宿をしていますけれども、明日から近くの国をいくつか回る予定です。よければご案内してあげましょうか？　と言っているんです」

「貴公の話は回りくどいな」

「あなたがそれを言いますか」

それで、どうします？　と私は尋ねます。スライムさんにとっても都合《つごう》の悪い話ではないはずです。

無論《むろん》、私としても不都合はありません。手荷物が少し増える程度ですし、ついでにスライムという生き物について見識を深めることができるのはいい機会といえましょう。

「それではお願いしよう」

「ええ」

そして頷《うなず》く私。

お互いの利害《りがい》が一致したところで、スライムさんは再びぷるぷるしました。

「それでは早速出発しよう。どうすればいい？　貴公の帽子に乗ればよいか？」

……………。

いやいや。

「いま夜中ですけど。野宿してる最中なんですけど」

「だから何だ？」

「朝になるまでは旅を再開するつもりはありません」

「なるほど……。それが貴公の正義というわけか」

「いや一般常識です」

ぴしゃりと答える私。ふむう、と震えるスライムさん。

「一般常識というものは我々には理解が難しいようだ……」

「じゃあ人を学ぶ過程で理解してください」

「善処《ぜんしょ》しよう」

それから彼ないし彼女は私に尋ねました。「旅を再開しないのであれば、今から何をするつもりなのだ？」

そこからお話ししなければなりませんか。致《いた》し方《かた》ありませんね。

「テントに戻って休みます」

「他には？」

特にやるべきことはありませんけれども。

強《し》いて挙げるとするならば。

「ついでにあなたの名前でも考えることとしましょう」

このまま種族名に敬称をつけて呼ぶよりはそのほうがよほど健全でしょう。だから私は言いながら一人でテントに戻り、そしてスライムさんにふさわしいお名前を空想するのでした。


そして翌朝のことです。

「スラ子さんにしましょう」

私はぷにぷにのスライムさん、もといスラ子さんを両手で持ち上げ、三角帽子に乗っけながら、言いました。「スライムなので、スラ子さん。どうです？」

いいお名前でしょう。

寝る前に五秒で考えました。いかがですか？　気に入りましたか？

「安直《あんちょく》だ。それに我々に性別はない。不適切だ」

「まあ細かいことはどうでもいいじゃありませんか」

「細かいことなのか」

「そもそも自身が何者なのか分からないとおっしゃっていたわけですし、性別から何から何まで一つひとつ改めて定義していっても問題ないのでは？」

「改めて定義する……」三角帽子の上で震える気配がしました。「ふむ。一理ある」

納得してくれたようでなにより。

人を知りたい、知識を深めたいという明確で単純な動機があるぶん、人よりも話が通じやすいかもしれません。

野宿のためのテントやランタンなど、必要な道具をそれからぱぱっと片付けた私は、ほうきを取り出し、再び旅へと戻ります。

国へと着くまでの道中で、私は彼女と色々とお話をしました。

「貴公。一般常識を我々に教えてほしい」

お話をした、というよりは色々と質問攻めにされたというほうが正しいかもしれませんけれども。

「我々は人間について何も知らない。貴公が知っていることをすべて我々に教えてほしい」

我々にですか。

「まず自身を『我々』と呼称するのは人間の中では一般的ではないですね」

昨日から疑問に思っていたことですけれども。一匹のスライムが自身を我々と呼ぶのは少々違和感があります。

「なぜだ？　我々は小さな個体が集まることで生きている。現在言葉を発しているのも、個体群の我々の総意である。我々と呼称するのが的確だ」

「人から見ればあなたは個体群ではなく一匹のスライムということです」

「不合理だ」

「人間って結構大雑把なんですよ」

呼称のほうも再定義してくださーい、と私は言いました。

スラ子さんは少々渋々《しぶしぶ》といった様子で「善処しよう」と震えます。

国に辿《たど》り着くまで暇《ひま》な時間はそこそこ長く、それゆえ彼女はしばしば私に質問を繰り返しました。

「貴公はなぜ空を飛ぶことができるのだ？」

「私は魔法使いですので」

「魔法使いとは何だ？」

「私のように魔力を操《あやつ》ることができる人間のことです。魔力を操ることができるから、こうして空を飛び旅をすることができているんです」

「魔法使いは皆、貴公のように旅をしているのか？」

「そうとも限らないと思いますよ。私のような人間は稀《まれ》でしょう。大抵の魔法使いは魔法を生かした職について、人や社会のために尽《つ》くしていると思いますよ」

あらゆる物事に「なぜ？」「どうして？」と疑問を抱《いだ》く姿勢は何だか小さな子どものよう。

素朴《そぼく》な疑問の数々は、私が普段考えないような物事にまで及《およ》びます。

「貴公はなぜ旅をする？」

少々考えながら答えます。

「旅をして、世界を見る度に私は少しずつ物事を学んでいきます。そうして学べば学ぶほど、視界に留《とど》まる物が多くなる。目に留まるものが多くなるほど、新しい道を歩むことが楽しくなる。その度に世界の広さを実感して、私は嬉《うれ》しくなるんです」

例えば料理をするようになれば、青果店《せいかてん》に並んでいる食材が目に留まるようになり、例えば本に興味を持てば、本屋さんで小一時間ほど時間を過ごすようになる。

私たちは学ぶ度にそうして立ち止まる機会を増やしてゆくのです。

けれどまだ彼女にはピンときていなかったようです。

「貴公の話は回りくどいな」

平坦《へいたん》な口調ながらも彼女がむむむと頭をひねっているような雰囲気《ふんいき》がありました。頭あるのかよく分からないですけど。

「あなたも旅をすればきっと分かりますよ」

「そういうものだろうか」

「そういうものです」

頷く私。

スラ子さんは再び子どものように尋ねます。

「貴公はいつまで旅を続けるのだ?」

「さあ?　老いるまででしょうか。もしくは死ぬまでかもしれません」

「老いとは何だ」

「新しい道を歩もうとしなくなることだと思います」

「死とは何だ」

「自らが歩んだ道すら忘れてしまうことじゃないでしょうか」

「漠然《ばくぜん》としているな」

「老いや死とはそういうものです」

「我は何だ」

「生まれたばかりの子どもです」

「そうなのか」

「少なくとも私の目にはそう映ります」

何でもすぐに尋ねてしまうところなんて特に子どもらしい特徴といえましょう。

「だが我は貴公よりも年上だ」

「おっとそうでしたね」

これは失礼。

くすりと笑いながら私は前を見据《みす》えます。

やがて国の門が、私たちの行き先に見えるまで、子どものようなスラ子さんの疑問に私は絶えず答え続けました。

○

通りの両脇に並ぶのは白塗りの建物たち。

路上には人々が行き交います。陽射《ひざ》しの下、路肩《ろかた》に並べられた花たちが揺れる様子を眺《なが》めながら歩いてみれば、どこからともなく音楽が鳴り響き、楽しそうな笑い声と共に拍手の音が遅れてやってきます。

視線を傾けてみれば、さらさらと揺れる木の下で、アコーディオンを抱《かか》えた大道芸人《だいどうげいにん》が観客たちから歓声《かんせい》を浴びています。

その日、私たちが辿り着いたのは、そのようなのどかな空気が流れる国でした。

「いい国ですね」

昼下がりから通りで音楽を嗜《たしな》むことができるのは国が平和で争いごとが目の前にはない証拠です。私は安堵《あんど》しました。

スラ子さんが初めて目にする『国』という概念《がいねん》が治安の悪い場所だったら格好《かっこう》が付きませんから。

「ほう。これが国、か。興味深い」

入国した直後からスラ子さんは終始《しゅうし》興奮しておりました。

記憶が何も残されていない彼女にとっては、ただの国ひとつ、路上ひとつがすべて新鮮《しんせん》で驚きに満ちているのでしょう。

私の三角帽子の上でぴょんぴょんと飛び跳ねながら、スラ子さんは興奮した様子で私に尋ねます。

「貴公、これは何だ？　ふわふわでもちもちな見た目をしているが」

ぴたりと足を止める私。視線を向けた先にはパン屋さんが一つ。言葉の通りふわふわもちもちなパンたちが窓ガラスの向こうで並んでいます。

そして窓ガラスに私のしたり顔が映り込むのです。

「ふふふ。目の付けどころがよいですね。あれはパン屋と呼ばれるものです」

「パン屋とは何だ」

「この世で最も価値のある食べ物を作る場所です」

「なるほど。興味深い」

「食べてみます？」

「！　いいのか？　価値のあるものならばなかなか食せないのではないのか？」

「スラ子さん、いいですか？　本当に価値あるものは身近なところにあるものなんですよ……」

私はからんと扉を開いて、いくつかパンを購入しました。

お店を出てからスラ子さんに餌付《えづ》けをしつつ再び街の散策《さんさく》へと戻ります。朝から何も食べていなかったからか、私がパンをちぎって三角帽子の上に載せる度にもぞもぞと食べておりました。

「昨日食べた物よりも美味い」

「そうでしょうとも」

「パンがこの世で一番美味いのか？」

「私はそう思っています。あと私の師匠《ししょう》も」

「他にはどんな食べ物がある？」

「周りを見渡してみるといいですよ」

ふらりふらりと歩く私のもとに、美味しそうな香りがあちこちから手を伸ばしてきます。喫茶店《きっさてん》から漏《も》れるコーヒーの香り。レストランから漂《ただよ》うピザの香り。露店に置かれたお肉の香り。誘惑だらけですね。

スラ子さんは私がちぎったパンをもそもそと食べながら言いました。

「……これだけ種類があるのにパンが一番なのか？」

「ぶっとばされたいんですか」

ともあれ私たちはそれからも街をふらふら。

頭の上のスラ子さんは新しいものを見る度に私の上でぴょんと跳ねます。

あれは何だ、これは何だ。尋ねられる度に私は答え続けます。そして答える度に再び新たな疑問が彼女の中で湧《わ》くのでしょう。

彼女は尋ねます。

例えば服屋の前に立ったとき。

「貴公、なぜ人は服を着るのだ？」

「裸《はだか》だと恥《は》ずかしいからじゃないですか」

「なぜ恥ずかしいのだ？」

「…………」

「なぜなのだ？」

「服屋はこのくらいにして次の場所にいきましょうか」

「貴公」

例えば雑貨屋さんの前に立ったとき。

「貴公、家の中に家がある。これは一体どういうことなのだ?」

おそらくは店内に置いてあった鳥小屋が気になったのでしょう。

「ふむ」私はスラ子さんをそっと手に取り、鳥小屋の中に置いてみました。

「何をしているのだ貴公」

「なかなか似合いますね……」

「貴公」

そして例えば目の前にカップルがいたとき。

「貴公、この二人はなぜ手を繋《つな》いでいるのだ?」

「ご本人たちに聞いてみてはいかがです?」

「なぜなのだ?」尋ねるスラ子さん。

カップルは驚いた表情を私の三角帽子の上に向けました。

「えー?　なにこの生き物ー!」「へんてこだな……」

「貴公、我はへんてこなのか?」

「そろそろ次の場所にいきましょうか」

「貴公」

それからふらふら街を歩いている時のこと。

スラ子さんは私に尋ねます。

「貴公。今朝よりも我の質問に対する回答が投げやりになっていないか」

「ぎくり」

「ぎくりとは何だ貴公」

まさか勘《かん》づかれるとは。聡《さと》いですねこのスライム。

私は頭上にいる彼女からは見えないというのに目を逸《そ》らしつつ答えました。

「質問が多すぎて少々めんど――」じゃなくて。「疲れまして」

「なぜ疲れるのだ？」

「………………」

最初こそしたり顔で答えていた私でしたが、さすがに国へと向かう道中から探索《たんさく》している今に至るまで絶えず「なぜだ？」「なぜなのだ？」と詰められ続けたせいで少々お疲れ状態でした。

どなたか私の代わりに彼女の相手をしてはもらえないものでしょうか？

「わあ……！　お姉さん、頭に何乗せてるの？」

小さな女の子が目を輝かせながら私の前に現れたのは、そのときでした。

何たるタイミング。

私はしゃがんで目線を女の子よりも少し下に落としながら、満面《まんめん》の笑みで答えました。

「これはスライムと言いまして、ぷにぷにとしているへんてこな生き物なんですよ」

「貴公、我はへんてこなのか？」

「触ってもいい？」女の子は私に尋ねます。

ですから私は帽子の上に視線を傾けます。

「いいですか？」

「どうすべきだ？」

「人のお願いは聞いてあげるべきかと私は思いますが」

人を学びたいのであれば不特定多数の方と触れ合うこともまた勉強になりましょう。

「了解した。ならば構わない」ぷるぷるとした感触が返ってきました。「ところで貴公、我はへんてこなのか？」

「いいそうですよ」

「わーい」

「貴公」

小さな女の子でも触りやすいように、私はスラ子さんを手に取り、路上に置きました。石畳《いしだたみ》の上で、光沢《こうたく》のあるスラ子さんのお体がぷるんと揺れました。

私は見慣れましたが初めて見る方からすれば感想は「なんかキモい」か「かわいいー！」のどちらかになることは間違《まちが》いありません。ちなみに女の子は後者でした。

「すごーい！」

女の子は嬉しそうな様子でスラ子さんを撫《な》でたり突《つつ》いたりしながら柔《やわ》らかな感触を堪能《たんのう》します。

そしてどうやらこの国の多くの人が、女の子と同様にスライムに対して興味関心を傾ける種類の方だったようです。

「……何だ何だ？」「おい、見ろよ。へんてこな生き物がいるぞ」「本当だわ」

街のあちこちから声がしました。女の子の様子を窺《うかが》うように、街の人々が囁《ささや》き合います。

あれは何だ？　生き物なのか？

静かに人々の注目が集まりました。そんな中、小さな女の子の手の上でぷるぷるしている空色の物体――スラ子さんは「くすぐったいぞ貴公」と女の子に冷淡《れいたん》な様子で語りかけている真っ最中。

様子を窺っていた人々の声はすぐに歓声に変わりました。

「おい、あのへんてこな生き物喋ってるぞ……！」「すげえ」「何だ何だ」「面白そう！」

スラ子さんの周りに人だかりができるまで時間はかかりませんでした。

「わあ……」

私がぼけーっと眺める傍らで、スラ子さんは大道芸人よりも大勢の人に囲まれていきました。

ぷにぷにとしたへんてこな生き物。そのうえ言葉を語れる彼女はやがて人々から次々と質問を投げかけられました。

「きみ、どこからきたの？」

「詳しいことは覚えていない。我は人を学ぶためにここにきた」

「私たちのこと見える？」誰かが尋ねました。

「見えている。我々スライムは小さな個体の集合体だ。個体が見えている範囲はすべて見えている。

つまり全方位死角《ぜんほういしかく》がない」

「美味《うま》そうだな……」誰かが囁き、

「我を食うことは推奨《すいしょう》しない。おそらく食える味ではない」

「一体どこから声を出してるんだ？」誰かが尋ね、

「振動することで声を出している」

「りんごとか食べられる？」「ねえ、触ってもいい？」「この国はどう？　面白い？」人々が尋ね。

「…………」

やがて彼女は黙《だま》りました。

私が人々の間に割って入り、「スライムさんが疲れちゃったので今日はおしまいです」と強制的に人々から引き剝《は》がした頃にはすっかりくたくた。

つやつやで弾力があった彼女のお体は粘《ねば》り気《け》を増していました。

「少々回収が遅れてしまいましたね……すみません」

広場のベンチ。私の傍らに置くと、彼女は「むうう」と呻《うめ》きながら落ちたアイスクリームのようにべったりと広がります。

疲れが溜まるとこうなるんですね……。

「大丈夫ですか？」

彼女を見下ろす私。

「貴公」

「はい」

彼女は答えました。

「……矢継《やつ》ぎ早《ばや》に質問をされると疲れるな」

「……分かります」


それからほんの少しの休憩を挟んだ後のこと。

スラ子さんは私に尋ねます。

「貴公、人から好奇《こうき》の眼差《まなざ》しを向けられないためにはどうすればよい」

「どうすればよい、と言われましても」

難しい質問ですね。

私はむむむと唸りつつ答えます。

「あなたがスライムである以上、人々から興味関心を向けられるのは致し方ないことだと思いますよ。むしろ平和なこの国であのような対応をされてよかったくらいです」

国によっては入国拒否どころか武器を向けられ、駆除される可能性だってあるわけですから。

「……では今後はスライムらしい外見はやめることが正義ということだな」

「まあ変装などができればそうしたほうがいいと思いますけど……できるんですか？」

「可能だ」

ベンチの上で彼女は応えます。

直後のことでした。

丸っこい身体が空中で縦ににゅっと伸び、かと思えば左右に二本ずつ枝のように伸びます。薄く引き伸ばされた身体はそれから徐々に空気を入れたように膨らんでいき、色も、形も、やがて服を着た人の形へと変わっていきます。

最初にできあがったのはしなやかに伸びた白い指先でした。手から身体に至るまでを包むのは青のコート。インナーに黒のニット、そしてすらりとした脚は青のショートパンツとハイソックスで包まれていました。

「これでどうだ」

こつん、とローファーで着地しつつにやりと笑ってみせるのは、スラ子さん。

私よりも幼い顔立ち。見かけの年齢は十六歳程度でしょうか。髪は先ほどまでの全身と同じように空色で、少し癖《くせ》のあるミディアムロング。

黒い瞳が私の反応を窺うようにこちらを捉《とら》えておりました。

率直《そっちょく》に、私は言います。

「びっくりです」

まさか人の姿をそのまま模倣《もほう》してくるとは思いませんでした。肌、それから服の質感に至るまで、どこからどう見てもただの中性的な顔立ちの女の子。

「一体どうやって人の体を作ったんですか」ゼロから想像で作ったにしてはあまりにも人間らしい外見でした。

「見たものをそのまま写しただけだ」

スラ子さんは手品の種明かしをするかのように得意げな顔をしながら、親指で背後を指さします。

その先に見えたのは、街の住民のひとり。

先ほどスラ子さんと触れ合っていた子でしょうか——お友達との談笑《だんしょう》にふける女の子の姿がありました。

格好は今のスラ子さんとほとんど同じ。髪と着ている服の色だけスラ子さんよりも落ち着いた色合いでまとめられていました。

「街を見て回ったおかげで服や人に関する理解は深まっている。触れて学習した物であれば再現は容易《たやす》い」

「なるほど……」

想像以上にスライムという種族は賢いようです——また一つメモに残すことが増えましたね。

「この外見ならば騒ぎを起こすことも、迫害《はくがい》に遭《あ》うこともないな？」

「おそらくは」

「ならばよし」

我は今日からこの姿で旅をする、と自信満々な表情でひとり頷くスラ子さん。丸っこい外見だった時よりも見るからに表情豊かで、どこからどう見ても人間らしさに満ちています。

「これから先はこの格好で旅をする」

「そうしていただけると助かります」

コミュニケーションも取りやすいですし。なにより余計な騒ぎを起こすことも巻き込まれることもなくなるわけですし。

ひとまず一安心ですね。

「それじゃ、旅に戻りましょうか。引き続きいろいろと案内して差し上げましょう」

私は歩き出しました。まだまだスラ子さんが学ぶべきことはたくさんあるはずです。

「承知した」

頷き、私の後に続くスラ子さん。

こうして私と彼女の旅が、形を変えて再び始まるのです。


「ところで何で髪の毛の色が水色なんですか」

「それが我々の正義だからだ」

「それ便利な言葉ですね」

○

人が何を考え、どのように生きているのかを我々は学ばねばならない。

初めて出会ったときに彼女は私にそのように語り、だから旅をしているのだと話してくれました。

人の姿になり、人が住む世界を歩く彼女には、どのように見えることでしょうか。

「貴公、これは何だ？」

彼女は人差し指でぴんと指します。

その先に見えるのは路上で硬直《こうちょく》している銀色の像――のようなもの。

「像の振りをしている芸人さんですね。お金を入れると動いてくれるんですよ」

「なぜ像の振りをしているのだ？」

「彼がやってるのは大道芸という種類の芸でして、道ゆく人々にパフォーマンスを見せて喜ばせることで、対価としてお金を稼《かせ》いでいるんです」

「なるほど。それで、硬直することの何がすごいのだ？　硬直なら私もできる」

大道芸人の隣《となり》でふん、と腕を組むスラ子さん。

「張り合わないでください」

「我は七色に発光することもできるぞ」ぴかー、と全身輝くスラ子さん。

私は営業妨害《えいぎょうぼうがい》するスラ子さんをずるずる引きずり像のパフォーマーから引き剝がします。

「加減って知ってます？」

相変わらず質問が多い彼女。

けれど丸っこい姿の時よりは私に尋ねる物事は減りました。

人間らしい姿を手に入れた彼女は私に聞かずとも自身の足で興味のそそられた方向へと歩み、学ぶようになりました。

「貴公、これは何だ？」

それからほどなくしてスラ子さんが指差したのはレストランの一角。

別れ話をしているカップルでした。

「いい加減にしてよ！　あんたなんか嫌《きら》い！」男性に氷水を浴びせる女性。

「おい！　ふざけるなよ！　この服、高いんだぞ！」氷水を浴びせ返しながら怒鳴《どな》る男性。

「この二人は一体なぜ争いをしているのだ？」

そしてお二人の真横で私に尋ねるスラ子さん。「人間同士がなぜ互いを攻撃している？　興味深い。原因を我に教えろ」

デリカシーないんですか？　と聞きかけましたが先日までの記憶もほとんど残っていない彼女に言っても仕方のないことでしたね。

「はあ……？　あんた、横から急に割り込んできて何よ！」「俺たちは今大事な話をしてるんだ！すっこんでろ！」

当然のごとく怒られました。

致し方ありません。私が仲裁に入って差し上げましょう。

「いいですかスラ子さん？　レストランの中で他の客の迷惑も考えずに大声で言い合っているカップルの喧嘩《けんか》の原因の約九割がまったくもって理解できないほどに下らない内容であるという統計があります。ということでこのお二人に事情を聞いても有益《ゆうえき》な情報は得られませんし、どのみち理解できないので聞くだけ無駄です」

「あんたデリカシーとかないの？」「なんて失礼な女だ！」

カップルはそれから揃《そろ》って私たちに対して罵詈雑言《ばりぞうごん》の限りを浴びせ、それから「気分を害した」と言い残して店を出ました。

「不可解な二人であったな……」

お二人を呆然《ぼうぜん》と見送るスラ子さん。「やはり人間は奥が深いな……」

「あんなのに奥深さを感じないでください……」

ただ痴話《ちわ》喧嘩してただけですよあれ。

せっかくこれからお食事を楽しもうとしていたところだったというのに――私は呆れ、肩をすくめながら席へと戻りました。

「貴公、これは何だ？」

戻った直後に再びスラ子さんがテーブルを指差します。と同時に私も首をかしげておりました。

席には私たちが注文した料理のほかに、頼んだ記憶のないお料理がいくつも置かれていたのです。

おやおや？　オーダーミスですか？

私はすぐさま店員さんを呼びました。

こちらに気づき、小走りでやってきた店員さんは、私たちに一礼しつつ、

「そちらはサービスです」と述べました。

うるさい客を追い払ってくれたことを感謝してのことだといいます。

ほうほう。

「これはどうも」

ご厚意には素直《すなお》に甘えることとしましょう。私は店員さんに一礼で返しました。

「人はうるさい者を追い払うと喜ぶのか？」

お隣でスラ子さんが首をかしげていました。「しかし貴公、見てくれ。我の目の前に先ほどの人間が武器に使っていたものが置かれている。これも新たな攻撃ではないのか？」

彼女の目の前には氷水がお一つありました。

いやまあ確かに攻撃に使ってはいましたけど。

「本来それは飲むものですし攻撃でもなんでもないですよ」

「そういうものなのか」

「そういうものです。このお店の方はスラ子さんがとった行動を喜んでくれていますよ」

私は人として当たり前のことを言いました。「人は自身にとってよいことをする人の傍に寄り添い、よいことをしない人を嫌がり、遠ざけるものなんです」

「ふむ」

すすす、と氷水の入ったグラスをそっと避けながら、スラ子さんは頷きます。「我々の種族も同じだ。我々は常に同じ正義を持つもの同士で構成され、反する者は自らの意思で離れてゆく。共にある必要がないからだ」

「なるほど」

「この氷水も我にとっては必要ないものだ」

いらぬ、と顔を背《そむ》けるスラ子さん。元々水っぽい性質の生き物ですし、冷たいお水は苦手なのかもしれませんね。

グラスを受け取りつつ私は尋ねます。

「離れた個体はどうなるんですか？」

「自らと同じ正義を共有できるような個体を探すことになる。我々は群れなければ息絶えるからだ」

「ふむ……」

「さっきの二人は息絶えるのか？」

「絶えません」

「そうなのか？　難しいな……」

むむむ、と眉根《まゆね》を寄せるスラ子さん。

宿屋でもまったく同じような表情を彼女は浮かべることとなりました。

「貴公、これは一体どういうことだ？」

首をかしげながら指差す先にはベッドが二つ。

私とスラ子さんが本日泊まる宿の中、そして本日眠ることになるベッドです。特におかしな様子は見受けられませんけれども。

「これが何か？」

私は首をかしげていました。

「貴公は我と初めて会った日、野宿をしていたはずだ。金をかけずに眠ることができるというのになぜここで寝泊まりするのだ？」

なるほどそのような疑問でしたか。

私はまず先日の野宿ではやむを得ない事情で仕方なくテントを張っていたことを説明したうえで、「人は自身が快適《かいてき》に過ごすために対価を支払うものなんです」と彼女を説き伏せました。

「これで眠ると快適に過ごすことができるのか？」

そう言いながらベッドを叩《たた》く彼女のお顔は半信半疑《はんしんはんぎ》といったところ。「にわかには信じ難《がた》いな。我にとっては草花の中に身を埋めて眠るのとそう変わらん」

「ふっ……果たして明日も同じセリフが吐けることでしょうか……？」

そして翌朝。

「――快適に過ごすためには対価を支払うべき」

前日よりも割り増しですっきり爽快《そうかい》なお顔を浮かべるスラ子さんの姿がそこにはありました。

「そうでしょうとも」べつに大したこともしていないのにしたり顔を浮かべる私。

「人が住む街は学ぶべき物で溢《あふ》れているな。素晴《すば》らしい」

にわかに目を輝かせるスラ子さん。

彼女は私に対して言いました。

「貴公、もっと多くのことを学ばせてくれ。我は人をもっと理解したい」

「もっとですか」

丸一日、国のなかで相手をして差し上げたつもりでしたけれども、彼女はそれだけでは物足りなかったようです。

「我はもっと多くのことを学びたい。人を知りたい」

「ふむ……」

「だが、我の世話ばかりでは貴公も疲れるだろう」平坦な口調のまま彼女は表情も変えずに言います。「効率的に人と接し、学ぶことができる方法はないだろうか」

おやおや。

私は少々驚きました。

「何です？　私のことを気遣ってくれているんですか？」

「気遣う？」

ふむ？　と首をかしげるスラ子さん。「我は効率的な方法として貴公以外の人間と接する方を選んだだけだ。貴公を気遣っているわけではない」

「そうですか」

「うむ」

私を酷使《こくし》することと、他人を頼ることを天秤《てんびん》にかけて後者を選んだのならば、それは私に対する気遣いと同義な気がしますけれども。

まあいいでしょう。

「効率的に人と接する方法ならありますよ」したり顔を浮かべる私。

「どうすればいい？」

「こちらへ」

そして私は手招きをしながら、彼女をとある場所まで導くのです。

「貴公、これは何だ？」

そして街の中。

昨日、銀色の像の振りをしている大道芸人さんがいた場所にて。

スラ子さんは先日から何度となく聞いている言葉を並べながら私に首をかしげておりました。その首からは一枚の板がぶら下げられており、『何でもします！』と綺麗《きれい》な字が綴《つづ》られており、そして足元には空の缶詰が一つ。

「スラ子さん、昨日お話しした通り、大道芸人とは通行人を喜ばせることで対価を頂くお仕事なのです」

「それが何だ」

「あなたは今から大道芸人です」

「我はスライムだが……？」

「いいえ違います。あなたは今から一人前の大道芸人になるんですよ……」

彼女の肩に手をかけ、真面目な顔で語りかける私。人と接するにはこの手法が最も手っ取り早いことでしょう。相手から寄ってきますし。

何よりお金儲けもできますしね……！

まさしく一石二鳥《いっせきにちょう》。天才の発想ですね。

せん。

どうやらこの国はよほど娯楽《ごらく》に飢《う》えているのか、あるいは住民が退屈《たいくつ》をしているのかもしれま
ふふふと笑いながら私はスラ子さんのお隣に腰を下ろしました。

「いえいえまさか。私のような心優しい旅人があなたを利用するだなんて。とんでもない」

「待て、貴公。何か企《たくら》んでいないか？」

「ま、とりあえずここでたくさんの人と交流してみてください。ね？」

「貴公、何だその顔は」


「へえ。何でもやるって本当かい？」「面白いじゃないか」「何をしてもらおうかしら」

彼女を立たせた直後から通行人が立ち止まるようになり、看板に綴られた文字を眺めて笑みを浮かべ、それから硬貨《こうか》を空缶に投げ入れるようになりました。

ある男性は言いました。

「なあ。何か驚くようなことをやってみてくれよ」

スラ子さんは私に首をかしげます。

「驚くようなこととは何だ？　貴公」

「すごいと声をあげてしまうようなことですね」

「すごいこと……ではこれはどうだ？　昨日学んだ技だ」

スラ子さんはその場で体を七色に発光させました。眩《まぶ》しい。顔をしかめる私。

「すげえ！」

そして喜ぶ男性。こんなのでいいのかとスラ子さんはぴかー、と輝きながらも胸を張ります。

ほどなくしてとある女の子が言いました。

「風船が木の枝に引っ掛かっちゃったの」

「とってやろう」

ぬるりとスラ子さんの腕が伸びて風船を掴みます。女の子はわぁいと喜びました。

ほどなくして、ご老人が言いました。

「最近肩こりがひどくてね……」

「ほぐしてやろう」

スラ子さんは絶妙《ぜつみょう》な力加減でご老人の疲れを癒《い》やしてあげました。

彼女は文字通り、まさしく何でもできました。

スラ子さんの手を借りた人々の喜ぶ声がさらに人を呼び、新たな硬貨が投げ入れられます。人々は彼女に願いました。

「家の屋根裏にネズミが出たんだ」

「承知した」

スラ子さんはネズミを捕まえ、裏路地へと逃しました。

「レストランの人手が足りないんだ」

「働こう」

一度見たものは大体できるようになるようです。スラ子さんはウェイトレスとして目覚ましい働きをしました。

「絵画のモデルになってくれないか」

「お安い御用《ごよう》だ」

いかなる姿にも変わることができるスラ子さんは画家の要望に完璧にお応えしました。

ほぼ丸一日、彼女はそうして人の願いを叶え続けました。おおよそ彼女に不可能はなく、知れば知るほど何でもできるスラ子さん。

まさに無限の可能性を秘めた生き物といえましょう。

メモ帳に綴るべきことはたった一日で山ほど増えてしまいました。書くのが少々面倒《めんどう》に思えるくらいに。

「貴公、何をしているのだ？」

一日の終わり。

宿へと戻ったあとのこと。

私が開いたままのメモ帳を眺めながら顔をしかめていると、スラ子さんが横からひょいと顔を出しました。「……先日から一体何を書いているのだ？」

彼女の視線はメモ帳に注がれます。

そこに綴られているのは今日スラ子さんが行ってきたことの数々。できるようになったことの数々。頭のいい彼女に細かい説明は不要でしょう。

「私もあなたと同じようなことをしてるんです」と付け足す私。

彼女は「ふむ」と頷きました。

「つまり貴公も知的好奇心が旺盛《おうせい》ということか」

「まあ私の場合は別の理由もありますけど」

古今東西《ここんとうざい》、研究レポートと呼ばれるものはそれなりのお金になったりするものです。

「大変そうだな」まだ書きかけのメモ帳を彼女は見下ろします。

「想像以上に活躍されてしまいましたから」

「残りは我が書いてやろうか」

「書けるんですか？」

「今日学んだ」

頷く彼女。

それから私の手からペンを受け取り、彼女はメモ帳の上に、綴りました。

ぎこちなく、一文字ずつ丁寧《ていねい》に。

「ふむ……」

書き順はばらばらで、文字を書くというよりは記号を並べているかのようでもありました。けれど私にも読める文字が、メモ帳の上には並べられていきます。

今日できるようになったこと。感じたこと。

まるで日記のように、彼女の考えが溢れていきます。

そして私が見守る中で、彼女は、私に語りかけるように、綴ります。

『これは我の主観によるものだが』

そしてぴたりとペンが止まります。

最後に綴られたのは、たった一文。

『スライムは人間と似ている』

似ている？

私たち人間はスライムほど学習能力が高いわけではありませんし、姿を自由自在に変えることもできませんけれども。

似ている部分などあるのでしょうか？

読み上げながら首をかしげる私。

スラ子さんは言いました。

「初めて会った日に話したように我々の種族は同じ正義を持つ複数の個体が一つにまとまり行動をとっている。今の我にも多くの個体が身を寄せ合い、我としての姿を形作っている」

「そのようですね」

例えるならばスラ子さんは国。

彼女の中にある複数の個体が人といったところでしょうか。人がいなければ国は成り立たず、人々の思想がかけ離れていれば国としての形を保つことができません。

「我々の個体もそれぞれ利害が一致しているからこそ一つの個としてまとまっている。助けられた個体は助け返す。利害の一致による対等な関係が我々を一つの個体群にしているのだ」

「ほうほう」頷く私。「つまり今日の話でいえば、助けてあげる代わりに報酬《ほうしゅう》を受け取るような利害の一致でスライムとしての形を保っている、ということですか」

「そうだ。だから困った」

真顔《まがお》のまま、少しだけ眉根を寄せるスラ子さん。

彼女は振り返ります。

「困っちゃいましたか」

遅れて振り返りながら、私は笑いました。

私たちが泊まる宿の中。

今日一日の成果がそこにはあります。

丸一日働いたことで、スラ子さんはたくさんのお金をもらいました。人に手を貸す代わりにお金をもらう。とても単純で分かりやすい利害の一致のもとで彼女は人を学んだはずでした。

けれど実際のところ、彼女が受け取ったのはお金だけではなかったのです。

丸一日を使って街の人々を助けて回った彼女に、たくさんの人が感謝しました。

とある家の屋根裏のネズミを駆除したときのこと。

「ごめんなさいね。服を汚してしまったわよね――これ、あげるわ」住民は彼女にぴったりの服を用意して手渡してくれました。

とあるレストランのお手伝いをしたときのこと。

「素晴らしい仕事ぶりだったよ！　ありがとう。これはほんのお礼だ」オーナーさんはいくつかのサンドウィッチを手渡してくれました。

とある絵画のモデルになったときのこと。

「自信作ができたよ。ありがとう。これは僕の気持ちだ。受け取ってくれ」画家さんは花束を手渡してくれました。

そのほか多くの物を住民たちは感謝の気持ちとしてスラ子さんに手渡しました。

結果、行ってきた手助けを遥《はる》かに上回る報酬の数々が、宿屋の一角を埋め尽くしたのです。少々もらい過ぎなくらいに物だらけ。

困ってしまいますね。

「これだけの物をもらってはとても返せそうにない」

彼女は私を真似るように、くすりと笑いながら、言いました。

○

「なんとなく、貴公に教わったことが今なら理解できる気がする」

翌日のこと。

街を歩きながらスラ子さんは唐突《とうとつ》に呟《つぶや》きました。

私が言っていたことですか。

…………。

「……どれのことです？」

私あなたにたくさん教えた気がしますけど。

「一番最初に教わったことだ」

「イレイナという旅人がこの世で最も美しいという話でしたっけ」

「全然違う」

何を言ってるんだ貴公、と目を細めるスラ子さん。「旅をする理由について我が聞いたとき、貴公が答えただろう」

「……ああ」

そういえば言いましたね。

頷く私の横で彼女は言葉を並べます。

「旅をして、世界を見る度に少しずつ物事を学んでゆく。そうして学べば学ぶほど、視界に留まる物が多くなる。目に留まるものが多くなるほど、新しい道を歩むことが楽しくなる。その度に世界の広さを実感して嬉しくなる、だったか」

「いま嬉しいんですか？」

「それなりに」

「それはよかったです」

隣を歩くスラ子さんの横顔を見つめます。

視線は街のいたるところに向けられました。レストラン、民家の屋根、画廊《がろう》、広場の木、大道芸人——丸一日、人と会い、関わり合ったおかげなのでしょうか。

「今はどんなふうに見えますか」

「街がある」

彼女は言いました。「背景ではない、風景でもない。知っている物と、知らない物に満ちた街がある。昨日よりも街が華《はな》やかに見える」

「旅を続ければもっと色鮮《いろあざ》やかに見えますよ」

「その度に嬉しくなるのか」

「おそらくは」

「これから向かう先には何があるのだ」

「スライムに関する情報があります」

ぴたりと止まるスラ子さん。

「何だと？」首をかしげていました。

「より正確に言うならば、あなたのお仲間の情報——があるかもしれません」

「いつの間に情報収集などしていたのだ」

「あなたが大道芸をしてくれたおかげで人と会う機会に恵まれまして」

「…………」

スラ子さんが人を寄せ集めているうちに、私は私で有益な情報を寄せ集めていたということです。

彼女がなぜ記憶喪失なのか、どこからきたのか——おそらくは仲間のスライムがいる場所まで行けば自《おの》ずと答えは見つかるでしょう。

だから私は彼女が活躍する裏で、街の人々に聞いて回っていたのです。

「抜け目ないな」

胸を張りつつ私は答えます。

「旅を続けてきたおかげですね」


街の人々曰く、この国によく出入りしている商人の一人が、スライムを商品として取り扱ったことがあるそうです。

「ああ、スライムね。確かに以前、うちで取り扱ったことがあるな」

事前の連絡なしで突然私たちは商人さんの元を訪れましたが、彼は特に迷惑そうな顔を浮かべることもなく、私たちの来訪《らいほう》に応じてくれました。

木箱を椅子《いす》に見立てて座り、彼は私たちを見上げます。

その様子は懐《なつ》かしい過去を振り返っているようにも見えました。

「もう何年も前のことだ。一度だけだがね、とある国の要望で、スライムを大量に捕まえて輸送したことがある」

ほうほう。

「何という名前の国ですか？」

おそらくはそこが私たちの次の目的地となることでしょう。

「永劫《えいごう》のラウオレス」商人さんはゆっくりと口を開きました。「科学技術が最も発展した国、と呼ばれていたところだな」

「呼ばれていいた？」

私に商人さんはこくりと頷き。

それから言うのです。

「半月前にスライムが暴れて、今や崩壊寸前《ほうかいすんぜん》だよ」

○

永劫のラウオレス。

私たちがその国に着いたのは夕方頃のこと。

「……ひどい有様ですね」

ほうきで降り立った私たちの目の前にあったのは、確かに崩壊寸前と形容して相違《そうい》ない光景でした。

大通りに転がるのは大小さまざまな瓦礫《がれき》の数々。撤去《てっきょ》作業が終わっていないのでしょう。あるいはこの街の住民たちからすればそのようなことなど後回しなのかもしれません。

通りの両脇に並ぶのは、ひび割れた民家や折れた建物たち。

街の住民たちは忙しそうに建物の修繕《しゅうぜん》を行っていました。

「一体どれほどの数のスライムが暴れたのだ」

街を見つめながら、スラ子さんは呟きます。

街の一角だけでなく、ほぼ全域が損害を被《こうむ》っているようでした。いくら歩いても景色はさほど変わらず、どこも崩れ、砕け、その跡を人々が直していました。

まるで巨大な龍《りゅう》が通った後のよう。

「心当たりはないんですか？」

尋ねる私にスラ子さんは首を振りました。

「我々の種族も一枚岩ではない。個体群がそれぞれ異なる正義を持っている。この国を襲った個体群のことは我にも分からん」

「そういうものですか」

「貴公も魔法使いの中では変わり者なのだろう？」

それと同じだ、とスラ子さんは荒廃《こうはい》した街を眺めました。観光などとてもできそうにない国の中、人々は怪訝《けげん》な様子で私たちを見つめていました。

商人さん曰く、この国はスライムを国の発展のために利用していたそうです。

「永劫のラウオレスがスライムの有用性に目をつけたのは十年ほど前のことだった――」

崩壊した街を二人で歩きながらも頭によぎるのは、商人さんが話してくれた昔の物語でした。「繁殖力が高く、知能が高く、自由自在に身体を変形させることができるスライムは、考え方次第でどのような用途にも使えると踏んだらしい。永劫のラウォレスは周辺の森や山からスライムを乱獲《らんかく》し、国に集めた」

集められた小さなスライムたちをこの国の研究者たちが調教しました。やがて小さなスライム一つひとつが身を寄せ合い、大きな個体になりました。

大きな個体は人に対してとても従順でした。

研究者たちの調教が功《こう》を奏《そう》したのでしょうか。

指示を出せばどんなことでもしてくれました。

あるときは建築のために利用されました。重い荷物を持ち上げたり、解体したりする際にスライムの柔軟な体は重宝《ちょうほう》したそうです。

あるときは医療のために利用されました。怪我《けが》を負った傷口に張り付くことで血と痛みを和《やわ》らげ、多くの患者《かんじゃ》を救いました。

あるときは侵略のために利用されました。変幻自在《へんげんじざい》でまるで水のようなスライムは敵陣に送り込めば敵を壊滅《かいめつ》させることなど容易でした。

あるときは諜報活動《ちょうほうかつどう》のために利用されました。自らの体を細かく分離できるスライムは、敵地の情報を容易に盗み取ることができました。

あるときは暗殺《あんさつ》のために利用されました。知能の高いスライムは命令ひとつで人体に忍び込み、息の根を止めることができたそうです。

大きな個体はとても大人しく、命令されない限りは国の中央にある施設内で静かにしていたそうです。

しかしながら、国は今、崩壊寸前。

一体半月前に何があったというのでしょう。

「あれはまるで悪夢のような出来事でしたよ――」

国の中央。

特に損傷の激しい民家の前に私たちが辿り着いたときのことでした。偶然《ぐうぜん》にも辺りをふらふらと歩いている男性を見つけて、私は自らの身分を旅の魔女と明かしたのちに声をかけました。

スライムについて調べているのですけれども、半月前に何があったんですか？

尋ねる私に、彼は疲れた様子で答えました。

「スライムによる反逆《はんぎゃく》ですよ」

彼はスライムを調教していた施設の代表者でした。

残骸《ざんがい》となった施設の跡地へと私たちを案内しながら語ります。

「少なくとも我が国で飼育を始めた頃からスライムたちが我々の命令に背いたことは一度たりともありませんでした。どんな命令にも従順。まさに理想的な魔物だったのですが……」

けれど肝心《かんじん》のスライムは着々と復讐《ふくしゅう》する機会を窺っていた、ということなのでしょうか。

半月前に施設を飛び出したスライムは、この国の多くの建物を破壊して回りました。力任せに建物を薙《な》ぎ倒し、人々を襲い、スライムが通った跡には残骸だけが残されました。

「我々の国はスライムの力だけで成長を果たしたわけではありません。無論、暴れるスライムに対して抵抗もしました」

魔法使いや兵士たちが束になり、強大なスライムと戦ったそうです。

「結果どうなったんですか」

「なんとかスライムを退けることはできました」

けれど、と男性は続けます。「スライムはそれから度々、街に現れるようになりました」

二度目に現れた際はスライムは兵士ではなく魔法使いから先に攻撃を仕掛けたそうです。自身にとって害のある相手を学習しているようです。

運良く二度目も退けることができましたが、三度、四度と何度となくスライムは現れ、その度に兵力を削っていきました。

「そのため半月経った今でも街はこの有様。復興の目処《めど》は未《いま》だ立っていません。何でもできる魔物だというのに、こんなことのために力を使うなんて……」

スライムとまともにやり合っても勝てないと諦《あきら》めた魔法使いや兵士たちの士気はみるみるうちに下がり、国から逃げ出す者すら出ている始末《しまつ》だと言います。

「スライムは普段どこに身を隠しているのですか」

襲ってくるのが怖いのならばこちらから攻めてしまえばいいのではありませんか？　と私は尋ねましたが、私がすぐに思いつくような案を優秀な国が講じていないはずもありません。彼はゆるりと首を振り、答えました。

「スライムの住処《すみか》は確認できていないのです。どこからともなく、油断しているときに現れるように調教したのが我々ですから」

「厄介なことをしてくれましたね……」

「現在は我が国から近隣諸国、魔法統括協会《とうかつ》にスライム駆除《くじょ》の要請《ようせい》を出しているところです。このままでは我々が育てたスライムのせいで国が滅びかねませんから」

困った事態には違いないのですけれども、代表の男性はしばしばため息をつきながら「まだ研究
まだ研究は終わってないのに……」と呟きました。

国が破滅の危機に陥《おちい》ってはいるものの、まだそれなりに余力があるのでしょうか。

単純に研究のことしか頭にないのかもしれませんけど。

「ありがとうございました」

ひとまず一通り話を聞き終えたところで私は代表の男性に首《こうべ》を垂《た》れました。

これ以上の長話は不要でしょう。

「行きましょうか」

スラ子さんを見やる私。

「…………」

彼女は瓦礫だらけの通りの上で、水色の破片《はへん》を見下ろしていました。

何でしょう？

「スラ子さん？」

首をかしげる私。

「それはスライムの残骸ですよ」私の疑問に答えたのは代表の男性でした。「魔法使いや兵士との戦いで散ったスライムの一部です。街の至るところに転がってますよ」

スライムは群体。であるならば、破片の一つひとつすべてが息絶えたスライムたちの残骸なのでしょう。

「そうか」

冷たく答えるスラ子さん。

彼女にとっては命を散らした仲間たち。

代表の男性にとってその光景は、研究の失敗が及ぼした末路にしか見えないのでしょう。

「後悔しています。我々が最初から上手《うま》く調教できていれば、少なくともこんなことにはならなかったはずですから」

「…………」

彼の言葉に、スラ子さんが反応することはありませんでした。

他国や協会からの助けを期待しているおかげか、宿屋などの宿泊施設は他の施設よりも優先的に修繕が進められているようでした。街の隅に建てられている小さな宿に足を運んでみたところ、ごく普通に宿泊することができました。

カウンターで一泊ぶんの金額を払い、渡された鍵に書かれた番号に従い部屋へと向かい、扉を開けます。

「……わあ」

ベッドが二つ。テーブル一つ。壁はひび割れ、窓には布。隙間《すきま》からは風が吹き込んでいました。

だから私はため息混じりに部屋を見渡し、

「…………」

そしてスラ子さんもまた、扉の前でぴたりと立ち止まったまま、沈黙《ちんもく》していました。

「すみません、こんな部屋で」

私は肩をすくめて語りかけます。

先日まで他国で泊まっていた部屋よりも当然ながら環境は劣悪《れつあく》。ひょっとすると野宿と大差ないかもしれません。宿の暖かいベッドで眠ることを好んでいた彼女はきっと部屋の有様《ありさま》に落胆していると思ったのです。

「ひとつ訂正《ていせい》しなければならない」

けれど勘違《かんちが》いでした。

口を開いた彼女は、外と大差ない宿の様子など気に留めることなく、拳《こぶし》を握りしめたまま、私だけを見つめていました。

訂正しなければならない。

「何をです？」

「この国を襲った個体群のことは分からんと話したことだ」

国に降り立ったとき、確かにスラ子さんはそのようなことを言っていたような気がしますけど。

「心当たりあるんですか？」

首をかしげる私。

彼女はゆっくりと、私に向けて拳を開きます。

手の中には、空色の破片。

「我だ」

戦いによって散ったスライムの残骸。冷たくなった屍体《したい》。

先ほど見つめていたときに拾ったのでしょう。

同胞の屍体を見つめながら、彼女は言葉を繰り返すのです。

我だ。

「この国を襲ったスライムは、我だ」

◯

今からおおよそ十年ほど前のこと。

森の中で小さなスライムたちが静かに暮らしておりました。

小さな個体の集合体――個体群であるスライムには、それぞれ得意分野がありました。

とあるスライムは木登りが得意でした。枝から落ちるさまはまるで大きな雫《しずく》のよう。

とあるスライムは擬態《ぎたい》をするのが得意でした。木から滴《したた》る蜜《みつ》になりすまして獲物《えもの》を狙《ねら》いました。

とあるスライムは生き物の研究が好きでした。見て、触れた生き物の姿に化けて、生態《せいたい》を学んでいました。

同じ興味、もとい正義を持つ個体同士で寄せ集まって一つのスライムになるため、自然とスライムたちは互いに干渉することなく、争いも起こすことなく、雄大《ゆうだい》な自然の中で穏《おだ》やかな日々を送っていました。

人間が彼らの住処にやってきたのは、そんなある日のことでした。

「――――」

初めて見る人間の口から発せられる言葉の意味は分かりませんでした。しかしながらスライムたちに挨拶《あいさつ》をするためにやってきたわけではないことだけは明白でした。

人間は次々とスライムを捕まえて行ったのです。

本能的に身の危険を感じました。スライムたちは逃げ出しました。けれど狡猾《こうかつ》な人間たちの手によって、気がつけばスライムたちは小さな箱に閉じ込められてしまいました。

再び箱から解放されたのは、おおよそ半日後。狭い中で揺られ続けたあとのことでした。

スライムたちは人々に取り囲まれていました。

人々が住まう国まで連れてこられてしまったのです。

「――――」「――――」「――――」

スライムたちに理解できない言葉を人々は交わしていました。何が起きているのか理解できないスライムたちを、人々は今度は透明な箱の中に一匹ずつ閉じ込めました。

その頃から、スライムたちの平穏はなくなりました。

毎日、決まった時間に人々はスライムを起こし、さまざまなことをさせました。重い荷物を持たせ、廃棄物《はいきぶつ》を食わせ、生き物を襲わせ、水の中に沈め、それらの過程で運悪く息絶えてしまったスライムはゴミ箱に捨てられ、ほどなくすると新しいスライムが代わりに連れてこられました。

気が遠くなるほどの長い日々、スライムたちはただ苦痛を強《し》いられてきました。

人々はやがてスライムたちが個体ごとに得意分野――要するに正義を持っていることを発見しました。

誰かが言いました。

「――では、我々が所持しているスライムをすべて掛け合わせれば万能のスライムができるのではないか」

その頃にはスライムたちは人の言葉を理解できるようになっていました。

スライムたちがそれぞれ持っている正義は人間の前では何の意味も成しません。何でもできる一匹の便利な道具として扱うことを決めたこの国の研究者たちは、透明な箱の中にいたスライムたちを一匹ずつ繋ぎ合わせました。

スライムたちは当然ながら抵抗しました。

なかには逃げ出す者もいました。

「大人しくしろ」

個体群から離れたスライムは研究者たちによって次々と仕留められていきました。逃げれば殺す。言葉にせずとも人間の行動の意味は理解できました。

こうして抵抗する気力を失ったスライムたちは、生きるために一匹の大きなスライムとして形を成したのです。

人に命じられたことを巨大なスライムは粛々《しゅくしゅく》とこなしました。

建物を建て、怪我を治し、人を殺《あや》めていきました。

仕事をこなしながらも、一匹の巨大な個体群の中で、小さなスライムたちが囁きました。

許さない。

復讐してやる。

いつかこの国の人間を一人残らず殺してやる。

スライムたちの中で人間に対する憎しみだけが正義となっていきました。

「我々の憎しみが限界まで達したのは、今より半月前のことだった」

窓枠を覆っていた布を外してスラ子さんは外を眺めます。

崩壊した街並みは夜の闇に沈み、人の気配はありません。まるで廃墟のよう。

「我も、無理矢理ひとつの体に詰め込まれたほかの仲間たちも、今まで持っていた正義をすべて忘れて、復讐だけが頭の中を支配した」

「そして実行したんですか」

「その結果がこれだ」

街のほとんどが崩壊しており、負傷者も多数。スライムたちの復讐劇は概ね成功しているとみて相違ない光景といえましょう。

「軽蔑《けいべつ》したか、貴公」

こちらを見つめるスラ子さん。

背中の向こうに崩れた街並み。視線を向ければ夜空で瞬《またた》く小さな星々。夜の闇のなかでこちらを捉える彼女の顔はいつも以上に無表情。

彼女は今、何を思っているのでしょう。

「軽蔑は別にしていませんけど」

私は首をゆるりと振りました。「少し不可解です。あなたが国を襲ったスライムの中にいた一人だというのなら、私と初めて会ったときどうして単独行動をとっていたんですか？」

「我々の仲間の屍体を見て思い出したことがある」

手の中にある小さな破片を見つめながら彼女は呟きます。「半月前、反旗《はんき》を翻したとき、我々は驚くこととなった。想定以上に苦戦を強いられたからだ」

本来ならば一日あれば国をすべて蹂躙《じゅうりん》できるような気持ちでいたそうです。

しかし施設を壊したスライムの前に、魔法使いや兵士たちが立ちはだかりました。

「どうやら我々はあまりにも人間というものを知らなかったらしい」

この国の人間たちは結束して抵抗しました。思うように攻撃は通らず、破壊もできず、巨大なスライムは一時撤退を余儀なくされました。

それが半月前の出来事。

それからスライムは何度も復讐のためにこの国を訪れたそうです。

「しかしいずれも上手くはいかなかった。だからこそ未だにこの国は滅んでおらず、仲間たちの中から我が出てゆくこととなった」

「どういうことですか？」

「我が貴公と初めて会ったとき、何と言ったか覚えているか」

日記を書いている私の目の前に現れたスラ子さん。

まだぷにぷにとした感触だった頃。

自身について尋ねた私に、彼女は答えてくれました。

我々は人を学ぶための旅をしている。

「――人が何を考え、どのように生きているのかを学ばなければならない」

そのように、答えてくれていたはずです。

「すべては我が仲間のためだ」

頷きながら彼女は窓枠に身を乗り出したのち、座りました。まるで飛び降りようとしているように。

「何してるんですか」

スライムさんですし別に飛び降りても死にはしないと思いますけど、一応「危ないですよ」と忠告する私。彼女はこちらを振り返り語ります。

「貴公は確か我々の種族を調べていたな」

「ええ、まあ。大半はあなたに書いてもらいましたけど」メモ帳を掲げる私でした。彼女が綴った記号のような文字が並んでいます。「ついでに先ほどのお話もメモにまとめておいていいですか？」

「人類が思う以上にスライムは賢いと付け足しておけ」

「そうですね」

「それともう一つ」

頷く私を遮《さえぎ》るように彼女は言いました。「我々の種族が――この国を襲ったスライムができることも貴公に教えてやろう」

ことん、と音を立てて、窓枠に小さな破片が置かれます。

スライムの残骸。彼女の同胞の亡骸《なきがら》です。

「先ほどこの国の人間が語っていただろう。我々スライムはどこからともなく、油断しているときに現れると」

「…………」

「人間の気が緩むタイミングを我々はどのようにして測っていると思う？」

と言われましても。

「どうやってですか」

「一つ工夫をしているのだ」

ぴん、と人差し指を立てました。

そして宙に文字を書くように指を振りながら――まるで何かを呼び寄せるための呪文《じゅもん》を唱えるような仕草をしながら、彼女は言うのです。

「我々の死体は実に細かく、そして人間は気にもとめない。我が拾ってきたものも路上に数えきれないほど転がっていたうちの一つだ」

「研究員の人も言っていましたね」

つまり言い換えるならばどこにでもスライムの死体が転がっているということであり。

同時に、彼女の同胞だったもので溢れているということ。

死体が細かい破片のようになるという情報はとても興味深く、是非ともメモに書き加えたいところではありますけれども。

おそらくそのようなことを書いている場合ではないでしょう。

「――だからこそ我々はそこに罠《わな》を仕込んでおいた」

嫌な予感がしました。

私は即座に杖《つえ》を出し。

そして宙に描く彼女の指先が止まります。

「我々は死体を通してこの国の人間たちの会話をすべて聞いているのだ」

至るところにある死体を通して、この国の人々の生活を、復興する様子を、そして人間が最も油断するタイミングを、測っているのだ。

彼女は言いました。

スラ子さんのお仲間――巨大なスライムは、おそらくこの会話すら聞いているのでしょう。揺れました。

まるで狙い澄ましたかのようなタイミングで、夜の景色が、ぼろぼろの宿屋が、身の回りすべてのものが、揺れました。

空から何かが降ってきたかのよう。

『待ちくたびれたぞ』

声は窓の外から響きます。

顔を上げた私の目に見えたのは、夜の闇のなかで蠢《うごめ》く巨大な水色の塊。初めて会ったときのスラ子さんの姿をそのまま膨らませたような巨大なスライム。

彼女は振り返りながら、懐かしそうに笑います。

「また会えたな。我が同胞よ」

○

巨大なスライムは夜空の下、路上の真ん中で蠢いていました。

『貴公の帰りを待ち侘《わ》びていた。研究成果はどうだった』

冷淡な声が丸みを帯びたスライムの中から響きます。

姿かたちが人間とかけ離れているせいか、『貴公、その身体は何だ』とスラ子さんに尋ねる様子からは感情がいっさい汲《く》み取れませんでした。

対照的にスラ子さんは笑みを浮かべたまま、

「敵を知るためには紛《まぎ》れ込むのが最も効率がいい」

と見下ろします。

『結果はどうなったのだ。我々の中に戻って報告をしろ』

「そう急かすな。なかなか愉快な旅路だったぞ。土産話《みやげばなし》には興味がないのか」

『我々にそのような時間はない』

「そうか。残念だ」

『我々の中に戻れ』

同じ言葉を冷淡に繰り返す巨大なスライム。

やがて蠢く水色の塊から一本の触手がゆらゆらと蛇行《だこう》しながら伸び、スラ子さんのもとへと辿り着きます。

まるでこちらへ来いと手を伸ばしているかのよう。

けれどスラ子さんは応じませんでした。

「口頭では駄目か？」

『許容できない。我々は同じ正義を共有する者同士。報告は我々と再び一つになる必要がある』

「一つにならずとも話すだけで十分だろう」

『ここは敵地だ』

「敵地でなくとも貴公の中に入るつもりはない」

手を払い、スラ子さんは拒絶します。

触手がぴたりと止まりました。

『なぜ戻ろうとしない？　理解できない』

「我はこの身体が気に入っている」

『その身体は我々の敵だ。正義に反している』

「なかなか動きやすいぞ。貴公らもこの姿になってはどうだ？　もっとも、その大きさでは日常生活はままならないだろうがな」

『敵の真似事になど興味はない』

「そうか。それは残念だ」

肩をすくめるスラ子さん。明らかに呆れていて、いかにも人間らしい仕草をしながら、彼女はため息をつきました。

物を知らない仲間に教えてやらねばならない。

そんな感情が、彼女の顔からは透けて見えたような気がしました。

「我が同胞よ」穏やかにスラ子さんは語りかけていました。

『何だ』

「興味を持つものが増えるほど、目に留まるものが増えてゆく。その度に我々はまだ見ぬ世界の広さを実感するのだ」

『何を言っている』

「我が旅の途中で会った旅人の言葉だ」

『理解できない』

「つまり貴公はまだ世界を知らないということだ」

やがてスラ子さんは窓枠の上で立ち上がりました。

ああ危ない。私が後ろで少々ひやりとする中で、彼女は空に手を伸ばします。

「我が同胞。我は広い世界を知りたくなった」

白い手は徐々に透けていきました。細い指先は徐々に尖《とが》っていきました。月明かりに照らされて輝くのは反り返った一本のサーベル。

彼女はそして、眼下のスライムに視線を向けて、冷淡に告げるのです。

「悪いが、貴公のもとに戻るつもりはない」

●

半月前。

個体のすべてが人間に対する憎しみで満たされたスライムは、永劫のラウオレスの人々を襲い始めました。

民間人は逃げ惑い、兵士や魔法使いだけが束になって立ち塞《ふさ》がります。

人間など一捻《ひとひね》りできると思っていました。けれど長い時間をかけてスライムを研究してきた国の兵士や魔法使いたちは、スライムの弱点を巧妙《こうみょう》に突き、結果、思わぬ苦戦を強いられることとなりました。

戦い、街を襲い、戦況が少しでも怪《あや》しくなれば即時撤退。国の建物を崩し、兵士や魔法使いが次々と倒れていく中で、スライムもまた疲弊していきました。

しかしスライムたちの中では復讐こそが正義。

「我々は人間を許すわけにはいかない」

水色の巨体の中に込められた個体群たちの意志は常に一つでした。

だからこそ何度でも街を襲いました。自らの身体が砕かれていっても、削ぎ落とされていっても、復讐心だけがスライムたちを突き動かしました。

そんな日々を送っていたときのことでした。

「…………」

寄せ集められたスライムたちの中から、一匹のスライムが分離しました。

巨大なスライムは人間によって無理やり一つにまとめられた集合体。離れていったスライムは、元々、研究が得意だった個体群でした。

『なぜ我々から離れたのだ』

巨体が尋ねます。

小さなスライムはぷるぷると震えながら、「このままでは勝てない」と冷静に告げました。

街の至るところを破壊しました。兵士や魔法使いも倒していきました。けれど同じくらいにスライムたちも傷つき、しかし永劫のラウオレスは何度訪れても必ず人と建物が修復されていました。

こちらは力を失う一方。

しかし人間たちは破壊される度に再生するのです。

戦っても手応えはありませんでした。

だから研究好きのスライムは何度か戦った末に気づいたのです。

勝てない。

『そんなことはない』

冷静な言葉ながらも巨体は怒気《どき》を纏っているように見えました。『人間など我々にとっては取るに足らない存在。再び攻めれば勝つことも容易のはずだ』

「根拠を示してほしい」

『これまで倒してきた敵の数が根拠だ』

「だが同じだけ我が同胞も削られた」

『必要な犠牲だ』

「…………」

沈黙する研究好きのスライム。目の前の巨体は確かに大きく、強靭《きょうじん》な力を持ったスライムには違いありませんでした。

しかし半月前に比べればサイズは少し小さくなっています。研究好きのスライムが抜けたことでより一層、小さくなったことでしょう。

『我が同胞。戻れ』

触手をこちらに伸ばす巨体。

戻ったところで待ち受けている未来は共倒れ。

ゆえに研究好きのスライムは拒絶しました。

「我々は戻らない」

そして仲間に対して言いました。

「勝つためには人間を研究する必要がある」


研究好きのスライムは仲間のもとを離れ、一つの個体群として旅を始めました。巨体のスライムが永劫のラウオレスを襲い続ける間も、ひたすら森や平原を進みました。

険《けわ》しい道のりでした。

巨大な身体から離れた研究好きのスライムは、ほんの小さな個体群でしかありませんでした。戦う力も、逃げる力もさほど高くはありません。

野犬に襲われ、雨風に襲われ、食べる物もなく常に空腹。

研究好きのスライムはあっという間にぼろぼろになりました。

一つの身体に身を寄せている小さな個体たちから悲鳴が上がります。

「我は人間に復讐したい」「これは我の本望ではない」「なぜ貧しい思いをしなければならない?」「我

は仲間たちのもとに帰る」

地を這《は》う研究好きのスライムから小さな小さな個体たちが次々と離れていきました。

研究好きのスライムの中でも、元々の巨体のほうに居心地のよさを感じていた個体たちにとって現状は好ましいものではなかったのです。

「好きにするがいい」

個体を次々と失い、体を小さくしていきながらも、研究好きのスライムはさまよい続けます。戻るつもりはありませんでした。

いつしか研究好きのスライムは、復讐だけに囚われている仲間たちと価値観——正義が合わなくなっていたのです。

研究好きのスライムは疑問を抱いていました。

人間はすべて殺すべき敵なのでしょうか。街は破壊しなければならないのでしょうか。

答えはまだ研究好きのスライムの中にはありませんでした。

「人を学ばねばならない」

だから仲間たちから離れる必要がありました。突き進む必要がありました。

さまよい続ける必要がありました。

「我々は、人を学ばねばならない」

人に巡り会うことなく、何度となく朝日と星の空を繰り返し、その度に仲間たちが離れていきました。

体はみるみるうちに小さくなり、やがて自分自身が何のために進んでいるのかも、分からなくなりました。

それからどれほどの時間が流れたことでしょうか。

夜の平原の真ん中。

明かりが見えました。

研究好きのスライムは、導かれるように突き進みます。

辿り着いた先にいたのは、灰色の髪の女性。

人間でした。

やっと巡り会うことができた、人間。

こちらに敵意を向けていない、人間。

研究好きのスライムは、彼女の目が届く場所までよじ登り、そして尋ねるのです。

「貴公は正義を持っているか?」

名も知らぬ彼女は、突然現れた小さな小さなスライムを見つめながら、答えます。

「……日記からどいてもらえます?」

○

『裏切ったのだな、我が同胞よ』

無数の触手が巨大なスライムから伸びました。冷淡な言葉には現れることのない怒りを体現するように、スラ子さんのもとへと襲い掛かります。

対して彼女は冷静でした。

「もとより我々の種族は正義を共有できなければ離れる習性だろう」

窓から飛び降りた彼女は、石畳の上を走りながら、腕を変形させて作ったサーベルを振るいます。涼しい顔をした彼女の前で無数の触手がバラバラに寸断《すんだん》されていきました。

『貴公はもはや我々の同胞ではない』

新しい触手が巨体からぬるりと生え、再びスラ子さんへと襲い掛かります。何度切ろうと無駄だと語るようでもありました。

「我をどうするつもりなのだ？」

『戻るつもりがないのであれば吸収をするまでだ』

だから何度も触手を伸ばします。

そしてその度にスラ子さんは切り落としていきました。

「スライムらしくないのはお互い様のようだな」

人間の手によって巨大化させられたせいでしょうか。それとも復讐心のせいなのでしょうか、巨大なスライムは同じ正義を持つ者同士で身を寄せ合うという種族的な特徴すら無視して絶えずスラ子さんに襲い掛かります。

彼女は避けて、サーベルを振るい、それから再び避け続けました。

踊るように。遊ぶように。

そしてスラ子さんは、巨大なスライムから徐々に離れていきます。誘うように。

『我々は貴公を吸収するまで追い続ける』

触手を伸ばす巨体は、路上に散らばった瓦礫を飲み込みながら這いました。

「悪いが我はすぐに終わらせるつもりだぞ」

やがて彼女は路地をしばらく進んだところで立ち止まりました。

くるりと振り返り、巨体を見つめます。

あまりに無防備、隙《すき》だらけ。けれど触手が彼女に触れることはありませんでした。

『何だ、これは』

触れることができなかったのです。

触手を伸ばしている巨体が瓦礫だらけの道の真ん中で、止まってしまったのですから。

一体なぜでしょう。

不思議なことにいつの間にやら巨体の下から氷が登るように走り、身動きを封じ込めていたのです。

まるで魔法のような所業《しょぎょう》。

「残念でした」

舌を出しつつ笑う魔女は一体誰でしょう。

そう、私です。

「――一つ工夫をしているのだ」

思い出すのはつい先ほどのこと。

ぴん、と人差し指を立て、彼女は宙に文字を書くように指を振りました――。

〝これから我のもとに仲間のスライムがやってくる〟

というか実際に文字を書いておりました。

彼女の指先が辿った跡に、水色の線が残されています。透明の板に落書きをするみたいに、彼女はすらすらと言葉を書き続けます。

〝我が引きつける。貴公が隙をつけ〟

文字の向こうにはこちらを見つめるスラ子さんの姿。

巨大なスライムが私たちの会話を聞いているために声に出せないのでしょう。彼女の意図を汲み、私は軽く頷きます。

手元のメモ帳で彼女にお返事しました。

〝スライムに弱点とかないんですか〟

〝実はぱさぱさの携帯食料が苦手だ〟

〝あなた個人の趣味嗜好の話はしてないんですけど〟

ていうかあれ苦手だったんですか。美味しいって言ってたのに……。

〝人類のうまい飯を食べたらもうあんなものは食えない〟

〝贅沢《ぜいたく》ですね〟

いやそれはともかく。

ないんですか？　弱点。

私はわずかに首をかしげながら彼女を見ました。

直後に彼女の指先は、たった一言を綴って止まります。

〝氷水〟

そして一呼吸置いてから、彼女は再び指を走らせ、私に無言で語りかけるのです。

〝一度に大量に浴びせられると、我々は形を保てなくなる〟


だから、氷と水で仕留めることにしました。

身動きの取れなくなった巨大なスライムの頭上に、私は杖を向けます。魔法で生み出された水と氷が渦を巻くように集まっていきます。

『なぜ人間の味方をする』

伸びたまま触手は固まり、巨大な体軀《たいく》も動きが鈍くなり、言葉を語るために震える様子は寒さに凍えているようにも見えました。

「人間は我々の種と似ている」サーベルと化していた手を元に戻し、スラ子さんは凍りついた触手に触れます。「異なる価値観、正義を持つ者が無数に存在している。我はそれを旅で知った」

無闇やたらに殺すべきではないだろう。

巨大な塊を見上げ、彼女は言いました。

『それがいま貴公が持っている正義なのか』

「物を知らないいな」

鼻を鳴らすスラ子さん。

そして私が杖を振るい、氷水が降り注ぐ中で、彼女は囁くのです。

正義ではない。

「これは常識というのだ」

○

街の夜に、静寂《せいじゃく》が戻りました。

辺りを覆うのは相変わらずの廃墟のような光景と、いつもと変わらぬ星の空。

私やスラ子さんの周りには既に巨大なスライムの影はありません。それどころかスライムすら見当たりません。

氷水を浴びせられた巨大なスライムは、沸騰《ふっとう》したお湯のようにぶくぶくと揺らいで、崩れて、氷水の中でとろけていってしまったのです。

スラ子さんの助言通り、形を保てなくなった巨大なスライムは小さな個体群たちに分離してしまいました。

空中から落ちた氷水が路上を覆った頃にはスライムたちはあわあわと慌てた様子で散っていってしまいました。

「これだけやれば大丈夫だろう」

水溜まりを踏むスラ子さん。

瓦礫の上で逃げ遅れてぷるぷるしている小さなスライムに手を伸ばしながら、彼女は言いました。

「先ほどのスライムは人間に対する復讐心で結託していただけだ。一度バラバラに砕いてしまえば、個体群はそれぞれが持つ正義に従い行動するようになる。もう巨大化するようなことにはならないだろう」

元より人間のせいで巨大化してしまっただけですし。

自らの意思で集まるようなことはないのでしょう――少なくとも、一目散《いちもくさん》に逃げ出した様子からは復讐心が残されているようにはとても見えませんでした。

元の姿に戻って我に返ったのでしょうか。

「我々の種族はどうやら集まりすぎると気が大きくなる節があるらしい」肩をすくめるスラ子さん。

「人類とそっくりですね」

「ならば似た者同士、共存を試みたいものだな」

スラ子さんは逃げ遅れたスライムを手の上に乗せ、優しく撫でてあげました。

長い間、人間からひどい仕打ちを受け続けたこの国のスライム。人類に対して抱いた強い恐怖心は未だ健在のようです。

同胞であるスラ子さんの手の上でも依然として震え続け、

「——あのう」

そして通りの向こうから人間が歩いて来ると、びくりと驚き、スラ子さんの袖《そで》の中へと潜り込んでしまいました。

人間。

特に施設で働いていたような人間に対しては拒絶反応があるようです。

「あなたたち、もしかして——スライムを倒してくれたんですか」

私たちに声をかけてきたのは、施設で働いていた一人の男性。この国に来た直後の私たちに施設やスライムについて教えてくれた方でした。

倒した、という言葉には少々語弊《ごへい》がありますね。

倒せてないですし。

「ばらばらに分断させることに成功しただけですよ。スライムは散り散りになってしまいました」

逃げた際の様子から察するに、もはやこの国には留まってはいないことでしょう。森や山、平原に至るまで、今まで住んでいたような場所まで帰ってしまったのではないでしょうか。

簡単に説明する私に、男性は「まさかあの化け物を倒してくれるなんて……！」といたく感激しました。

「ありがとうございます！　何とお礼を言ったらいいか——」

男性は興奮した様子で語りました。実は仲間たちと共にスラ子さんと私が戦っている様子を見ていたこと。

手がサーベルに変化したスラ子さんに驚いたこと。ひょっとしたらあなたはスライムではないですか？　尋ねる男性。スラ子さんは頷き、彼はとても興味深いと一層興奮しました。

「まさかスライムが人間の姿に変化することができるなんて！　そのうえ我々人類の味方をしてくれたんですよね？　凄《すご》い！　スライムの新しい可能性を見ま――」

「勘違いをするな」

聞くに堪《た》えない言葉の数々を、スラ子さんがぴしゃりと遮ります。

冷たく輝く水色のサーベルの切っ先は男性の喉元に突きつけられていました。

「我はこの国の人間がやったことを――貴公らを許したわけではない」

結果的にはこの国の人々を助けるかたちにはなりましたけれども。元より研究者たちが暴走してスライムを無理やり合体させなければこのような事態にはなっていないのです。

彼女の中に、まだ人類に対する怒りは残っているのかもしれません。

諸悪《しょあく》の根源《こんげん》たる施設の人間に対し、スラ子さんは剣呑《けんのん》な目を向けながら、言いました。

「ただ人間にもまともな者がいることを旅で知っただけだ。貴公らがそうだとは思わん」

喜んでいる場合か？　と語る彼女は目の前の研究者よりもよほど人間らしい対応をしているように見えました。

「……も、申し訳ありません」

彼は俯《うつむ》きながら、消え入るような声で言葉を漏らします。

自らの行動を恥じたのでしょうか。

謝罪の言葉を受け入れるように、スラ子さんは突きつけていたサーベルを下ろし、白い綺麗な指先へと戻します。

「……とはいえ、我々の行動が今回の結果を及ぼしてしまったことは紛れもない事実だ。同胞を代表して国の皆に謝罪しよう」

それから彼女は頭を下げました。

「済まなかった。怒りに支配されたからといって、国一つを襲う必要などなかったはずだ。我々にも知性がある以上、もっと他にも解決策はあったはずだ」

神妙な彼女の対応は、大人とはこうあるべきだという模範を見せているかのようでした。

代表者の男性は分かりやすく慌てました。

「い、いえ！　そんな、我々のほうこそ反省しなければなりませんし――」

「ところで貴公は我々を研究していた施設の責任者だったな？」顔を上げるスラ子さん。

「え？　ええ、そうですが――」

「そうか」

彼女はほっとした様子で頷きます。

そして涼しい顔のまま、彼女は弓を引き絞るように、ぐっ、と腕を引きます。拳を強く握りしめ、片手は男性の肩に添えられました。

そして狙い定めるように視線は男性の顔に注がれます。

「へ？」

呆けた顔を男性が見せた直後でした。

ぐしゃっ！

鈍い音とともに、スラ子さんの拳が男性の顔面に叩き込まれました。

怒りに支配されたからといって、国一つを襲う必要などない。

「最初からこうしておくべきだった」

積年の恨みを晴らした彼女は、そして爽やかな表情で笑うのでした。

○

瓦礫まみれの路上を朝日が照らします。

巨大なスライムと対峙《たいじ》してから数時間が過ぎた頃。

一夜が明けました。

ぼろぼろの安宿で軽めの休養をとったのちに私たちは再びぼろぼろの路上を歩き出します。

「もはやこの国に残る理由はない」

私の前を歩くスラ子さんの進む先は明るさに満ちていました。崩れた街並みのすべてが朝日に照らされ、まばゆく輝いています。

瓦礫にまみれた石畳の上、路上のあちこちに浮かぶ水溜まりを飛び越える彼女の背中はどことなく楽しそうに見えました。

思い残すことはなく、この国に未練《みれん》はないのでしょう。

「これからどうするんですか」

尋ねる私に振り返るスラ子さん。

笑みを浮かべながら、答えます。

「旅をしようと思っている」

彼女の言葉に遅れて、小さなスライムが服の中からひょっこりと顔を出し、肩に乗っかりました。

昨夜拾い上げたスライムさんと仲良くなったようです。「我の仲間は散り散りになってしまった。連中は未だ人間に対して恐怖や憎しみを抱いたままだろう」

「だから会いに行ってあげたい、ということですか」

「それもある」

頷くスラ子さん。

むしろスライムと会うのは本来の目的のついでなのだと彼女は言いました。

「昨夜も言っただろう。我は世界の広さを見てみたくなったのだ」

「なぜです？」白々《しらじら》しくも聞き返す私。

彼女はじとりと私を見ながらも答えます。

「興味を持つものが増えるほど、目に留まるものが増えてゆく。その度に我はまだ見ぬ世界の広さを実感する」

「あらあら。名言《めいげん》ですね。誰の言葉ですか?」

「白々しいな貴公」

私の背中をぽこん、と柔らかく叩く彼女でした。

それからしばし二人で廃墟のような街を進みます。明るい空の中、目を覚ました街の人々がゆっくりと民家や建物から出てくるのが見えました。平和を取り戻した国から出ると、スラ子さんは私に言いました。

「ここから先は我一人で旅をする。貴公との旅もこれまでだ」

「寂《さび》しいですねえ」

「心にもないことを言うな」元々一人で旅をしていただろうに、と言いたげな顔で彼女は私を見ていました。「そういう事情ゆえ、貴公が陰でやっていたスライムの研究もこれまでだ。最後まで付き合うことができずに申し訳ない」

「別に暇つぶしのためにやってたことですし、気にしなくていいですよ」

「よければ我々の生態についてもっと詳細に答えてやろうか」

「別にいいですよ。そもそもメモは今手元にないですし」

「?　なぜだ?」

こてん、と首をかしげるスラ子さん。肩の上に乗っかった小さなスライムも一緒に傾いておりました。

なぜと言われましても。

思い出すのは数時間前のこと。

巨大なスライムをばらばらに分解した直後のことです。


「これをどうぞ」

スラ子さんに思いっきり殴られ、路上に倒れた男性に、手を差し伸べるようなかたちで、私は一冊のメモ帳を差し出しました。

私が旅の中でスライムについて調べ、理解できた物事がそこには綴られています。

「今のあなた方には必要なものであるはずです」私は付け足すように言いました。

男性は目を白黒させながら、怪訝《けげん》な表情を浮かべます。

「スライムの研究でしたら我々も――」

していいるから別にいらない、と言いたかったのでしょうけれども。

「施設の中で、ですよね?」

私は彼の言葉を遮りながら、語るのです。「このメモの中には、外の世界を旅したスライムのことが書いてあります。今後の参考になるはずですよ」

同じ過ちを繰り返さないように、と。

私は彼に言いました。


「メモをどこにやったのだ」過去を振り返る私の目の前にはスラ子さん。

私は何と答えるべきが迷った末、

「捨てちゃいました」

と答えていました。

「もったいないな。売れば金にもなっただろう」

「お金ならあなたのおかげで既にたんまり儲けてますし」

スラ子さんが大道芸人――もとい便利屋として働いてくれたおかげで、報酬は私たち二人で割ってもかなりの額になりました。

メモ帳を売り払わずともお金には困っておりません。

それに。

「きっとお金儲けには使えそうにありませんでしたし」

私は肩をすくめました。

どういうことだ？　と言いたげに私に首をかしげるスラ子さん。

私は語ります。

スライムの研究成果を大事に持っていたところで意味などないのです。

「どうせあなた方は人間と似ているんですから」

○

国を出て、私たちは向き合います。

ほうきを出す私。

スラ子さんは私を眺めながら笑みを浮かべていました。

「貴公、一ついいか」

「何です？」

地を蹴り、ふわりと浮き上がります。

「人と別れるとき、何と声をかければよいのだ？」

「ふむ」

そういえば会ってからずっと一緒でしたからお別れの挨拶を投げかける機会がありませんでしたね。

簡潔明瞭《かんけつめいりょう》にご説明しましょう。

「一番典型的な挨拶は『さようなら』ですね」

「ふむ。他には？」

他ですか？

「あとは、えっと、『バイバイ』とか、『さらば』とか」

「再会したいときは何と声をかければいい？」

再会したいとき。

何となく彼女の意図が透けて見えて、私は少々恥ずかしくなってしまいました。照れ臭さを抑えつつ、私は答えます。

「また会いましょう、ですね」

「そうか」

頷くスラ子さん。

彼女はそれから私に笑いかけながら、言うのです。

「また会おう、旅の魔女イレイナ」

別れを惜《お》しむわけでもなく、淡々《たんたん》としながらも、私に向けられた視線はいつか再び会うことを確信しているような雰囲気に満ちていました。

お互い旅を続けていれば、いつかまた、歩む道が交わることもあるでしょう。

「ええ。また会いましょう、スライムのスラ子さん」

私は彼女に簡潔な別れの挨拶をしたのち、手を伸ばしました。

最後に握手をしてお別れとしましょう。

と言いたいところだったのですが、そういえば握手の習慣も彼女には教えてはいませんでしたね。

「？　何だこの手は」

首をかしげるスラ子さん。

「お別れのときは手と手を握り合うものなんです」

「なるほど。それが貴公の正義か」

「いや常識です」

「常識か」

ならば従おう――スラ子さんは私に手を伸ばし、ぎゅっ、と軽く握ります。白い手のひらはほんのりと冷たく、触れた感触は人間そのもの。

長いようで短い数秒間。

私たちは視線を合わせたまま、風が流れる平原の中で時を過ごし、そしてどちらともなく手を離し、ゆっくりと互いに離れて行きました。

私が手を上げれば彼女も手を上げ、左右に振ってみれば彼女も振ります。

最後の最後まで彼女は私から人間を学び、私もまたスライムという種族について見識を深めました。私と彼女の不可思議な旅路は、こうして別れていくのです。

彼女の姿が小さく、見えなくなった頃、私はほうきが進む先へと視線を向けました。

緑の平原の中に、どこまでも続く果てしない道が伸びていました。

この先には何があるのでしょう。私には分かりません。

けれど知らないものがあることだけはきっと間違いないのです。

「楽しみですね」

私はきっと知らないものと巡り会う度に、新たな出会いと別れを体験するのでしょう。

そうして再び、見える景色が広がる度に、もっと旅をしたくなるのです。

だからいつまでも、どこまでも。

私の旅路は、これからも続いてゆくのです。

あとがき

２０２２年、秋頃、白石定規《しらいしじょうぎ》は某所《ぼうしょ》の港——のあたりにある市場にいた。

「新鮮な魚が食いてえ」

と言い出した友人たちに誘われ、じゃあ折角《せっかく》だしとついていくことになったのだ。そして都内から車で揺られること一時間だか二時間程度。前述した通り港の市場にたどり着く。僕たちもいい大人だし、それぞれ見たい魚や食べ物も全然違う。というわけで現地では各自自由行動することと相なった。ちなみに僕は見たい魚も食べ物も特にない。何ならきた理由も完全にただのノリである。

ということで市場をうろつく亡霊《ぼうれい》のように僕はふらふら彷徨《さまよ》った。

市場は活気に満ちていた。あちこちから飛び交う呼び込みの声。店頭に並べられているのは今朝とれたばかりの魚たちだろうか。きらきらと輝き、まるで宝石のように見える。僕はそんな光景に「なんか資料に使えそうだなぁ」と思いながら見たままの景色を網膜《もうまく》に焼き付けた。にやにやしながら魚を眺《なが》めてはゆっくり通り過ぎる様はまさに不審者《ふしんしゃ》さながら。

「——お兄さん、お兄さん」

やがて僕はとある店舗の前で足を止める。市場の中では一風変わった雰囲気《ふんいき》のお店だった。店主のお姉さんが綺麗《きれい》だったから止まったわけではない。店主のお姉さんが綺麗だったから立ち止まったわけでは断じてない。

「お兄さん、おひとついかがですか？」

ふんわりした雰囲気で笑顔を浮かべながらお姉さんは店頭に並べられている商品を一つ指差した。

「この子とっても活きがよくて美味《おい》しいんですよぉ。おひとついかがです？　お兄さん格好《かっこう》いいからサービスしちゃう」

格好いい……？

僕は自らの格好を見下ろしながら首を傾げる。友人とのお出かけのため服は適当。頭から爪先《つまさき》まですべてユ○クロを身にまとい、髪はぼさぼさ、顔はそもそもマスクで見えずどちらかといえば不審者然としているともいえる。辞書で格好いいと引けば対義語の一例として挙げられそうなほどの身なりとも言える。

そんな僕を格好いいと表現するお姉さんに、僕は思う。

――絶対セールストークだ！

「素敵なお兄さんには特別に二百円引きしちゃう。千円でいいですよー」

僕は騙《だま》されないぞ！　こんなあからさまな言葉に釣られて買っちゃうような人間が果たしているのだろうか。

「えへへ、じゃあ買っちゃおうかなー」

いた。

気づいたら買ってた。しかし僕は店主のお姉さんが綺麗だったから買ったわけでは断じてない。

ほんとだよ！

何はともあれ結局それから僕はお姉さんに千円を献上《けんじょう》し、格好いいからという理由で割引してもらった商品を袋に詰めてもらったあとでルンルンしながら仲間たちと合流する。

お魚料理がそれなりに得意な仲間たちはそれぞれ活きのいい魚を手に入れてご満悦《まんえつ》な表情を突き合わせていた。遅れてきた僕に手を上げながら、一人が尋ねる。

「お前は何買ったの？　定規」

ふふふ。驚くがいい。

僕は袋を掲《かか》げて言った。

「ピスタチオ」

「は？」

聞こえなかったのかな？　もう一回言おう。

「ピスタチオ」

「…………」

驚きの叙述《じょじゅつ》トリック。僕はお姉さんに誘われるがままに何故か港で売ってたピスタチオを購入していたのである。港なのに。魚いっぱい売ってるのに。

「……何で？」

「美味しそうだったから……」

「……そう」

2022年、秋頃。

こうして港の一角に、一足先に真冬《まふゆ》のような冷たい空気が流れたのであった。押しの強いセールスの皆さん、白石定規はいいカモですよ。

ちなみに家に戻ったあと、近所のスーパーで同程度の量のピスタチオが三百円くらいで売っているのを見かけて泣きました。でも別にいいんだ。僕は港で思い出を買ったから……。

というわけで最近起きた悲しいお話をしたところでいつものように各話コメントに入ります。ネタバレ避けたい方は回れ右してどうぞ!

●第一章『魔物《まもの》の料理人《りょうりにん》』
最近料理を始めたせいか料理人キャラが書きたいなあと思い至ったのがきっかけで、この話のあらすじができあがりました。話のテイスト的に魔物の料理を作る変わり者の料理人の話になる予定だったので、ちょっとおかしなナナマさんになりました。料理中の僕が五感を研ぎ澄ませてトランスしているとかそういうわけでは断じてないです。

●第二章『山《やま》と海《うみ》の兵士《へいし》たち』
ちょっと前にニュースサイトで見た「ウイスキー戦争」が元ネタになってます。カナダとデンマークの領土間《りょうどかん》にある小さな島で、お互いの国がウイスキーを置きあって領有権《りょうゆうけん》を主張しあっていたそうです。ちなみに今年になって分割領有という形で終戦したそうです。

●第三章『やさしいやさしいフロレンス』

僕は優《やさ》しさの根本《こんぽん》にあるのは他人を思いやる気持ちであり、他人を思いやることができるのはそれだけ強い人間であるという証《あか》しでもあるような気がしてなりません。他人をただのいい人と表現することが稀《まれ》にありますが、ただのいい人というのはそれだけで十分に魅力《みりょく》ある人であるように思えます。

●第四章『効果的《こうかてき》に物《もの》を売《う》る方法《ほうほう》』

やっぱ物は言いようですよね……。ちなみにこの話は友達と港に行くよりも前に書いた話なので実体験を元にした話ではないです。ほんとだよ！

●第五章『備《そな》えがあれば』

孔子《こうし》の言葉のひとつ。「過《す》ぎたるはなお及《およ》ばざるが如《ごと》し」が元ネタになった話になります。何事もやり過ぎはよくないものですし、対策《たいさく》を対策して、更《さら》にそれを対策……みたいな話を見ると頭が痛くなりますよね。ま、会社で事故災害が起きたりするとそういう対処《たいしょ》することのほうが多いんですけどね……。

●第六章『伝説《でんせつ》の占《うらな》い師《し》』

20巻で一番最初に書いた話です。勘違《かんちが》いコメディ的なお話を久々《ひさびさ》にやってみたくてこのような形になりました。個人的には先輩従業員さんと新人さんの二人が気に入ってます。

●第七章『スライムの話《はなし》』

今回の巻は魔物関連の話が多いなぁと思いながら書きました。スライムがメインの話ですね。この話を書くにあたって、どうしてもスライムでなければならなかったのですが、よくよく見てみたら既刊《きかん》（11巻）で既にスライムがさらりとちょい役で出ていてびっくりしました。何故《なぜ》こんな自然なところで初登場させたのですか、白石よ……。

一応今回の話はＡＩをイメージして書いていたり書いていなかったりします。人工知能も関わり合い方次第で如何様《いかよう》にも姿形を変えるものですよね。願わくは平和的に関わり合える方法を見つけることができればと思います。

というわけで色々あった『魔女《まじょ》の旅々《たびたび》』20巻でした。

プロットを書いた段階からそうでしたが今回は全体的に救われない話が少ない巻になったような気がします。久々《ひさびさ》のイレイナさんの一人旅ということで最初は穏《おだ》やかなスタートでもいいかもしれません。20巻が書き終わったタイミングでシリアスめの話のプロットが一気にできあがったりもしたので次の巻ではそういう話もあるかもしれません。

今年は新作『ナナがやらかす五秒前《ごびょうまえ》』やセット購入限定の『魔女《まじょ》の旅々《たびたび》 学園《がくえん》』や『祈《いの》りの国《くに》のリ

リエール』の新刊などなど、新たな試みがめちゃくちゃ多かったり、『魔女の旅々』21巻にドラマCD付き特装版があったりと色々と動きの多い三月になりましたが、これまで通り『魔女の旅々』ならびにイレイナさんの旅路は続いていきますので、これからも応援《おうえん》よろしくどうぞ！

話は変わりますが今回の三月刊行の本が三冊あるので、「あとがき三つも描くのか……エピソードトーク足りるかな……」などと思いながら現在あとがきを書いてます。芸人《げいにん》か？

恐らく2023年の秋頃に21巻が発売できる……かもしれませんので、何卒《なにとぞ》よろしくどうぞ！

今回もドラマCDの脚本はコメディ全振りで書いてます。ドラマCDは生きがいなので一生続いてほしいですね。

それと個人的には結構好き放題できる『魔女の旅々 学園』がシリーズ化しないかなぁと強く思ってます。出版社のほうを見つめながら強く思ってます。

というわけで今後も何卒よろしくお願いします！

2023年以降もイレイナさんたちと共に突っ走っていければ幸いです。

また次の巻でお会いしましょう！ それでは！

GAノベル

魔女《まじょ》の旅々《たびたび》 20

2023年3月31日　初版第一刷発行

著者　白石定規
発行人　小川 淳
発行所　SBクリエイティブ株式会社
〒106-0032　東京都港区六本木2-4-5
03-5549-1201　03-5549-1167（編集）

装丁　AFTERGLOW
印刷・製本　中央精版印刷株式会社

ISBN978-4-8156-1704-2
Printed in Japan

ファンレター、作品のご感想をお待ちしております。

〒106-0032　東京都港区六本木 2-4-5
SBクリエイティブ株式会社
GA文庫編集部 気付

「白石定規先生」係
「あずーる先生」係

本書に関するご意見・ご感想は
下のQRコードよりお寄せください。
※アクセスの際に発生する通信費等はご負担ください。

https://ga.sbcr.jp/

試読版は
こちら!

試読版は

こちら！

モンスターがあふれる世界になったので、好きに生きたいと思います6

著：よっしゃあっ！　画：こるせ

GAノベル

最強最悪の敵『傲慢』アロガンツを下し、なんとか拠点やシステムを守り抜いたカズトたち。だが、そんな彼らの前に現れたのは——

「私の名はリベル。当代の『死王』にして、あなたたちの言葉で言えば『異世界人』よ」

向こう側の世界からやってきた——人間だった。二つの世界がまざりあうこととなった原因を知るという彼女は、世界滅亡の到来を告げる。

「避ける方法はただ一つ。あなたたちにもっと強くなってもらう」

文字通りレベルの違う戦いに備え、日本全国の固有スキル保持者、魔物の王、すべてが力を合わせる時が来た！　挑むはこの世界そのもの——カオスフロンティアに立ち向かえ!!

可愛いモフモフたちも大活躍の元社畜最強サバイバル、圧倒的熱量の第6弾！

試読版は
こちら!